大好文學

3

假如・我是一個月亮

高小敏 ——著

Bai Lee ——插畫

目錄

激發正能量、反映真實人生的好故事

前中華電視公司節目部經理、導播　李繼賢

多年前高小敏曾經在我服務過的電視台，策劃製作過高收視率的綜藝節目《紅白勝利》，主持人是胡瓜，其中勝利計劃單元，每週赴各地親自訪問主題人物了解其家庭背景及故事。經過小敏特有的敏銳觀察，融入眾多情感挖出感人的故事，用真心真情的文筆撰寫腳本，透過螢光幕播出後相當成功，戲劇節目的情節經過綜藝節目的包裝，呈現一種新風貌，在當時創下電視台極高的收視率外，居然還上了報紙社會版而轟動一時。因為每週電視播出介紹的弱勢家庭故事，內容感人肺腑，賺了不知多少觀眾的眼

淚，引發了大批觀眾的同情及關注，紛紛熱烈響應善心捐款，電視節目播出後隔天報紙也紛紛報導。

有一天高小敏與我談及要以電視節目紅白勝利勝利計劃的創思，來寫一本單親媽媽成長故事的青春文學小說，我當場說太好了，這構思的創意發想非常精彩，創作成小說一定會感人熱淚受到廣大的讀者歡迎，於是有了這本《假如‧我是一個月亮》。

我特別熱烈推薦這部原創小說，單看書名就知道是一本有關女性故事的題材，適合全家人閱讀的一本女性成長正能量小說，呈現當下新時代女性的母親面貌，閱讀後深深動容，天下的媽媽都是一樣的偉大，為家庭犧牲奉獻所有的一切。

《假如‧我是一個月亮》這本原創小說，非常適合影視相關產業改編成電影及電視劇，我們共同期待受到影視

傳媒公司關注後，產出另一種果實。

　祝福新書大賣。

從單親媽媽到商場女強人的成長故事

畫家　廖金玉

　　這一本書值得你用心去看，去感受母愛的偉大，看女主角單親媽媽經歷人生最大挫折，如何辛苦養大三位幼女，最終成為商場女強人的成長勵志故事，值得大家從小說中學習女主角，不畏堅難不放棄希望，努力堅持下去最終成功的精神。

　　一本值得書迷用心看的書，祝新書《假如．我是一個月亮》大賣！

令人動容與勵志的作品

教師　高潔如

　　恭喜導演作家高小敏第九本新書問世，寫出一本令人動容與勵志的作品，這是一本值得珍藏的好書，希望書迷們不要錯過。

　　祝高製作《假如・我是一個月亮》新書紅火大受歡迎。

人生中的體悟及幫助

髮型師　林煥晟

　　恭喜製作人高小敏推出第九本新書作品，看高導的書對我人生有非常多的體悟及幫助，祝小敏哥《假如・我是一個月亮》青春文學小說新書暢銷。

女力爆發，追求卓越

聯群聯合會計師事務所所長　王柏青

　　我認識的影視製作人、作家、導演小敏哥，對人生充滿了熱情，正能量十足的他熱心公益幫助許多人，他的一舉一動牽引著娛樂新聞媒體爭相報導，而不求回報、重情重義的個性，深受真正的好朋友支持與肯定，其為人誠信正派，針對客戶量身定製品牌的行銷創意不斷，又很有行動與執行力。

　　才一轉眼間會發現他又完成了好多事情，在寫作出版這領域上，更是暢銷作品源源不絕，深受廣大書迷支持與肯定，真是令人佩服。

很高興小敏哥又有一部佳作問世，《假如·我是一個月亮》是文學小說，更是一本女性成長勵志故事書。

　　祝賀小敏哥《假如·我是一個月亮》青春文學小說新書，一如往昔的大賣紅火，持續帶給我們更多的好作品，這是一本女力爆發，追求卓越的好書，值得書迷珍藏。

向天下媽媽致敬的女性成長勵志小說

　　媽媽真是太偉大了！

　　常常聽過一些周遭朋友的家庭故事，一個家庭中母親非常重要，為了孩子一輩子付出了所有。

　　在一次的夜深人靜夜裡，想到多年前在中視電視台製作了一檔關懷弱勢族群的節目《紅白勝利：勝利計劃》，主持人是胡瓜、董至成。

　　現在何不也來寫一本針對單親媽媽題材的小說，情節描述女主角單親媽媽，婚前是父母手上的千金寶貝，婚後如何經歷人生低潮，現實社會的洗禮，得不到任何人的幫助，幸好身旁有一位好閨蜜，以及貴人愛心協助，為了孩

子勇敢站了起來。

丈夫花心好賭欠巨債，房子遭查封，在深夜遭酒駕車撞身亡，導致家破人亡，經歷喪夫之痛，如何遭受社會排擠，差一點流落街頭。

幸遇人生中的貴人幫助，辛苦養大了幼女，努力學習做生意，成為商場女強人的生命故事。

本書溫馨感人、凝聚家庭力量，適合全家人閱讀；天下的媽媽都是一樣的，對孩子都是無私奉獻的，這是一本向天下媽媽致敬的女性成長勵志小說。

謝謝大好文化發行人胡芳芳女士全力支持，這本感人熱淚的單親媽媽故事：《假如‧我是一個月亮》青春文學小說，是我寫的第九本書，謝謝書迷們的支持，我將會持續創作出更多的影視文學好作品與大家分享。

假如‧我是一個月亮

故事大綱

在南部炎熱太陽無情的照射下，趕著提早收成的香蕉農趕時間似的，動作俐落刀起蕉落，一堆一堆的整齊排列等待出貨。

蕉農出身的莉莉也在一旁幫忙著。阿爸、阿母、阿叔、三叔公，你們要不要先休息一下、先喝水。

哪有時間休息，要趕著收成，天氣這麼熱、溫度高，不趕快收成香蕉都要爛掉了，這次的價格肯定不高，價錢不好，咱家就沒收入了。阿莉，妳去買冰棒好了，冰棒比較好吃，阿爸說著，錢給妳快去買，喔，好。

阿莉跑去雜貨店買冰棒。

到了全家晚餐時刻，農田勞動體力活容易餓肚子，當阿母從廚房端出四菜一湯，還有阿莉最喜歡吃的乾拌麵。一家三口，飢腸轆轆、狼吞虎嚥，很快就一掃而光，根本沒時間細嚼慢嚥、吃飯聊天，你們二個吃飽飯就準備睡覺

假如・我是一個月亮

（鄉下農村吃完晚飯，沒事做便早早睡覺）

　　就這樣過著日復一日，年復一年的農村生活。

　　直到有一天晚餐，阿莉開口告訴父母要去台北都市工作，父親生氣的把桌上飯菜摔在地上，母親在旁安撫，去台北要幹什麼？妳就在家幫忙，不然就嫁給隔壁村的林家兒子，媒人已來家裡說親送禮很多次了。

　　經過開了張氏家族大家庭會議，叔公主持，所有家族成員全票通過，只有父親一人反對。

　　即將前往台北的前一天晚上，父親主動來到阿莉房內。不擅言語、大男人主義的父親，叮嚀即將遠行的女兒，去台北呷人的頭路，就要好好做，跟同事要好好相處，最重要的是上班不要遲到，要守時，說完便把手上的錶送給阿莉，阿莉抱住了阿爸哭著說，阿爸謝謝……。

隔天一早父母送阿莉去火車站，阿母做了一些飯團可以在車上吃，並塞了一些錢給阿莉。

　　到了車站，阿莉抱著阿爸阿母，忍住淚水，我要上車了，阿爸阿母你們回家去，我在台北安頓好後，再給阿爸阿母報平安。

　　在車上流著淚吃著飯團，看著手錶，望著父母年老的背影，阿莉告訴自己在台北一定要努力打拚成功。

　　到了台北先住到高中閨密家中，安頓好住房後，隔天便開始找工作，當過服務員、發傳單、賣衣服、自助餐收銀，後來偶然機緣之下，認識了人生中的第一個男人：范建民。

　　阿莉進入范建民的美髮店工作，與建民日久生情，懷了大女兒薇薇，挺著三個月身孕，嫁給建民，美髮店生意

興隆，三女陸續報到，一家五口過著短暫的幸福生活。

　　賺到錢的建民開始買賓士車，也結識了一些酒肉朋友。阿莉天天忙著照顧三個幼女，美髮店也招了幾位年輕女生當助手，建民常常在店內下班後找來友人，便帶著這些年輕女助手到處玩樂。

　　朋友帶著建民去一家民宅，一進入是私人會所，許多人在裡面賭博打麻將，及樸克牌二十一點，身上有錢的建民，膽子也大了起來。當晚就輸掉了八萬，不甘心輸錢的建民，在隔日下班後，一人又來到這賭錢，今天贏了二十萬，建民很開心的回家把贏來的錢給阿莉，說這是這一陣子美髮店賺的，阿莉隔天一早就把這二十萬存進了郵局。

建民的賭運時好時壞，所謂十賭九輸，這一次卻把家也輸沒了，這次的一賭，輸了五佰多萬，把房子也抵押出去，美髮店收了，車也抵押了，心灰意冷走在回家的路上！突然被後方一輛酒駕者所開的快速行駛越野車直接撞上，人彈飛二十多公尺遠，滿身是血，救護車到來送去醫院急救，接獲消息的阿莉來到醫院，見著老公最後一面，從此天人永隔。

　　酒駕者被抓，漫長的官司，阿莉拿不到受害者應有的道歉及金錢賠償，淚流滿面的抱住三個幼小孩子，將來該何去何從……

　　阿莉帶著三幼女找到便宜的房子，與房東簽下一年租約，一個月一付，安頓好家，也開始找工作。

　　從一開始的發廣告傳單到賣衣服，路上賣玉蘭花都做

過；這一天她遇見了他，生命中的第一個貴人：咖啡店老闆保羅。在馬路上賣玉蘭花的阿莉向咖啡店借廁所，為了省錢也借水來喝，樂於助人的保羅也煮了咖啡請阿莉喝，兩人談話非常愉快，原來都是屏東同鄉，保羅了解阿莉的生活困境情況後，邀請阿莉來咖啡店上班當服務生，時間上可以彈性方便照顧孩子，阿莉一連鞠了三次躬，開心的流著淚，謝謝老闆，謝謝老闆，遇到有愛心的貴人了。

時光飛逝，幾月如梭，三個女兒長大了，薇薇、芸芸上大學，珍珍正在讀高中。阿莉變成大家口中的范媽媽，在咖啡店也當上了店長，一家四口平安快樂的生活著。三個女兒順利畢業後，陸續進入社會職場工作，薇薇進入行銷公司上班，芸芸忙著交男朋友，珍珍也在餐廳當駐唱歌手。

人生無常，天有不測風雲，范母病倒了，長期的操勞，一直沒有好好照顧自己。薇薇送了母親到醫院，安排好住院手續後，回家準備母親換洗衣物時，發現了母親已打開的日記本，這一頁寫著：「假如我是一個月亮」。裏面寫著如何辛苦拉拔三個女兒的過程，薇薇流著淚，看完後，便回到醫院照顧母親。

　　出院後，范母身體一天天康復。回到咖啡店上班，保羅及員工、老客人歡迎她回來工作，范母煮了拿手的乾拌麵給大家吃，沒想到這一吃，竟吃出了商機……。

　　范母告知三個女兒，下週日帶妳們的男友來家裡，我要見見他們。這一天薇薇帶著明漢，芸芸帶著安雄來家裡吃晚餐，只有珍珍還未交男友，范母特別交待明漢、安雄，千萬不可欺侮女兒，一定要好好疼惜。只想玩一玩的安雄

不以為意的答應著，芸芸與安雄是否會有好結局？

乾拌麵在咖啡店試賣，客人大排長龍，吸引多家電視台新聞採訪，商業午餐、冰咖啡加乾拌麵，一推出受到上班族爭先恐後排隊用餐。

乾拌麵也吸引了錢董事長的投資，與范母、保羅共同成立「范媽媽乾拌麵」品牌，進軍超市及電子商務，而且賣到了海外。

保羅咖啡店也重新開幕，主打黑糖糕甜品加冰咖啡，訴求年輕人市場，改店名叫「三姊妹咖啡店」，由薇薇、芸芸、珍珍三姊妹共同經營，創辦人為林保羅，一開幕就受到年輕人歡迎，生意興隆，高朋滿座，一位難求。

有媽媽好味道的「范媽媽乾拌麵」實體店開幕了，錢董、范母、保羅共同剪彩，正式進軍餐飲市場。

范母如何一步步從困苦的單親媽媽，最終成為餐飲界女強人？

　　如何一手拉拔三位女兒，教導大家面對人生困難時，不抱怨、面對它、接受它，就算是老天爺對你的人生考驗，也要勇敢努力的走下去，最後一定會走出自己的一片天空。

假如・我是一個月亮

角色分析

范建民

父　男　四十歲　美髮店主
初期：溫柔體貼、照顧家庭、疼妻、孝順父母。
後期：個性大變、花心、暴力打罵妻子及幼女、酗酒。

　　范建民在年輕時是剪髮才藝頗佳的髮型師，剪得一手好髮型，能針對來店女性顧客量身定製適合臉型的造型，深受女性顧客歡迎，經營一家美髮店，生意不錯，是一位年輕有為的好青年。當店裡生意客人越多，忙不過來，貼出徵人啟事，需要一名美髮助手，一貼出公告，許多的女生來應徵，但是錄取者做不到三天工作，就跑掉不幹，太辛苦了，直到她出現：張莉莉，一位從鄉下農村來台北找工作的鄉下女生。建民在偶然的機緣下認識了在自助餐店工作的她，一身穿著樸素的莉莉，從洗頭小妹進而成為建

民女友、妻子，生了三位千金。

　　一帆風順的建民，交到壞朋友，染上賭博惡習。在一次回家途中，被急駛而來的酒駕者開車撞死，留下年輕的妻子及三位幼小的孩子。

范張莉莉

母　女　二十八歲（女一）

初期：十八歲、善良、單純、溫柔

後期：四十多歲、喪夫後，個性大變，為了幼女，為母則強，認命努力打工養兒育女，最終成為乾拌麵創辦人。

　　鄉下女孩，來到都市台北找工作，進了建民美髮店當洗頭小妹，與店主建民進而相戀、結婚，育有三女。在店裡建民負責設計客人髮型，莉莉負責幫客人洗頭，夫妻分工合作，生意特別好。每次收工下班後，夫妻倆逛逛夜市、吃美食，每週一的公休日，就是夫妻渡假的日子，感情特別甜蜜，並在當地社區舉辦愛心公益義剪活動，凡年滿六十五歲以上長者，剪髮一律免費，到長者家裡到府為年長者剪髮，獲得當地里民一致認可為愛心美髮師。

　　婚後三女相繼出生，在家照顧孩子，美髮店因為生意

忙不過來，建民也招來了二位年輕貌美的女孩來店裡當美髮助理。夫妻兩人過著幸福的生活，孩子也一天天的長大。老公建民愛上賭博打麻將，從一開始的小賭怡情，迅速成天天賭錢，花天酒地，徹夜未歸，賭錢贏了心情好，輸錢變了暴力男，打罵孩子出氣，莉莉為了孩子忍氣吞聲。在一次的深夜，接獲老公被酒駕者開車撞死，從此人生家庭發生巨變，房子抵押查封，全家在外租房。

　　莉莉如何面對接下來沒有丈夫帶著三幼女的單親媽媽人生，她又如何從堅苦中走出人生困境，一手打造創立了自己的「范媽媽乾拌麵」品牌。

范曉薇（薇薇）

女　大姐
初期：十二歲　乖巧聽話、會幫母親照顧妹妹
後期：二十四歲　女漢子、好強、個性倔強

　　薇薇從小聽話懂事，放學後會在美髮店幫父母招呼客人，打掃地上散落一地的髮絲，與母親感情特別好。莉莉一直覺得這個大女兒是來報恩的，比同年齡小孩更成熟懂事；有一次在放學途中撿到了一個錢包，跑到警局，警察連絡了失主，失而復得錢包的失主，來到范家拜訪道謝，拿出十萬元禮金，被范家拒收，此事被學校知情，薇薇獲學校校長頒發「拾金不昧的好學生」獎狀，父母感到無比的驕傲。

　　薇薇如何從幸福家庭生活，一夜之間化為烏有，大學畢業後她進入職場工作，如何照顧二個妹妹，幫助母親共同創辦「范媽媽乾拌麵」。

　　遇到人生伴侶明漢，為了母親為了妹妹，拒絕男友求婚。

范曉芸（芸芸）

女　二妹

初期：十歲　會與三妹搶玩具、糖果，最怕大姐，活潑外向。

後期：二十二歲　貪物質、自私、男友不斷，常與大姐吵架，姊妹不合。

　　從小就是范父最疼的二女兒，嘴巴甜愛撒嬌，最受父親疼愛，每次家裡一有玩具、糖果，就會先偷偷藏在自己床下的小盒子，最喜歡欺侮三妹，因為最小容易欺侮，有一次竟然帶著三妹跑去隔壁鄰居開的蛋糕店，隔著玻璃流著口水，看著蛋糕，令范母又好氣又好笑。在過八歲生日時，如願吃到一直想吃的草莓蛋糕，幸福的一家人渡過了短暫的幸福，父親貪賭成性，暴力相向在三個女兒身上，隨著年紀增長，在童年時期留下一道陰影。

　　父親的突然去世，家庭一夕崩解，芸芸半工半讀，完成大學畢業，畢業後，開始去面試工作，第一份工作是當

房仲，賣屋三個月，一間房子也沒有銷售出去，全公司業績最差，領了三個月的底薪，即離職去找下一個工作。會把剛領的三個月薪水，去一趟時尚百貨公司買新衣服，一個下午就花完，只換來三大袋漂亮衣服。芸芸覺得努力去工作，還不如投資自己美貌外在算了，女生長得漂亮也比較容易交到有錢的男友，所以她持續的不斷換男友，連薇薇都看不下去，兩姊妹為此大吵一架，薇薇打了芸芸一巴掌，也打出了芸芸的離家出走。

在夜店認識了安雄，發生了一夜情，安雄卻喜歡上芸芸，而苦苦追求，兩人只是玩玩，還是最後會真心的走在一起？

與大姐的不和何時才能停止？在外生活的日子，大姐薇薇的一通電話，芸芸回到家中，薇薇到底說了什麼，讓芸芸回歸正途，改變自己……

范曉珍（珍珍）

女　三妹
初期：八歲　可愛、愛吃、最黏母親，喜歡與二姐玩，但又常被欺侮。
後期：十七歲　高中生，家中唯一品學兼優的學生，還拿到校長獎，彈得一首好鋼琴，
　　　成為駐唱歌手。

　　珍珍從小最喜歡黏著母親，父母在店裡剪髮，她就在店裡嘴裡含著奶嘴，坐在娃娃車內，睜大眼睛看著父母工作，來店女客人常常抱著她，直稱讚這個愛笑的女娃長得真是可愛，范母也最喜歡這個么女。

　　有時偷爬出娃娃車，在地上爬，地上滿是客人剪髮的頭髮，竟玩著頭髮當玩具，一邊忙著剪客人頭髮，一邊忙著照顧幼女，范母忙得一點也不感覺到累，只感到幸福，家庭不就是這樣嗎？

　　直到珍珍上了高中，在學校功課很好，完全不用范母

擔心，參加了學校社團鋼琴社學習彈鋼琴，因為想要一台電子琴而瞞著范母，晚上偷偷外出去夜店酒吧賣玫瑰花。賺夠了錢買了電子琴，因為常常在酒吧賣花也與店主熟識，店主知道珍珍需要用錢，一直介紹她要不要來店裡當陪酒女賺錢比較快，珍珍斷然拒絕。

　　一天的夜裡，珍珍又外出去酒吧街賣花，被尾隨在後的范母跟蹤，范母以為她要去酒吧當陪酒女，當場就在酒吧內賞了珍珍一耳光。來不及解釋的珍珍，哭紅著眼說不想看到母親為了這個家早晚辛苦都累出病了，我沒有當陪酒女，我天天晚上偷跑出來就是在酒吧街賣花賺錢，賺到的錢要給媽媽貼補家用的，珍珍哭著直說，我沒有當酒女；這時店老闆拿出花籃對沈母說，珍珍每晚都來店裡賣花給客人，因為我覺得珍珍是一位孝順的女生，讓她把花籃寄放在店裡方便每天賣花，范母看著在眼前的珍珍，流著淚

說，珍珍，媽媽錯怪妳了，母女倆哭著擁抱彼此。

　　珍珍在學校得到校長獎，天天學習電子琴，練唱，琴藝越來越好，也成為了一位很受歡迎的餐廳駐唱歌手，半工半讀完成高中學業。

趙明漢

男　二十八歲　（薇薇男友）
上班族、業務員，工作認真負責，深獲老闆器重，誠實、可靠、個性獨來獨往。

　　明漢是一家淨水器公司的業務員，工作認真負責，在公司任職多年，一直沒有升職，並不是他的業績銷售不好，而是個性習慣獨來獨往，缺乏團隊合作觀念。在薇薇應徵進淨水器公司當業務員後，與明漢成為同事，也改變了明漢的觀念及工作效率，以及最重要的職場倫理與同事之間的合作，才明白團隊的重要性。

　　在公司天天相處工作、吃午飯、跑客戶，漸漸的與薇薇走在一起成為公司同事與情侶，面對同事之間茶餘飯後的指指點點，逐漸的影響到兩人的感情，時常在樓梯間大聲爭吵，此事也驚動了總經理，直到這一天公司貼出公告：

假如・我是一個月亮

禁止辦公室戀情在公司發生，總經理分別約談二人，一個月後，薇薇離職了，明漢繼續留在公司任職業務部。

　　明漢與薇薇短暫的分開，也使兩人戀情加溫，薇薇也持續鼓勵明漢，一定要在工作中有很好的表現，明漢終於升職為業務部經理。

齊安雄

男　二十四歲　賓士男　（芸芸男友）
無所事事的富家子，典型享樂主義者，帥氣、英俊、甜言蜜語。

　　芸芸與女性友人在夜店聊天喝酒，被隔壁桌男生騷擾，見義勇為的安雄見狀，過來幫忙解圍，與芸芸漸漸熟識。安雄家裡是開熱炒一百的，也就是店內的小菜每一盤都是一百元的店，安雄與芸芸個性相仿，年齡相近，興趣相同，就是愛玩樂、重物質，身旁盡是一些酒肉朋友；直到一次的車禍事故，安雄認清了酒肉朋友與好友的分別。雖然家裡家庭條件不錯，每個月只是在領生活零用金而已，並不是他的事業。安雄在住院期間，芸芸的細心照料，康復後，兩人真心在一起。

林保羅

男 四十五歲
一家懷舊咖啡店的店主。

　　這是一家充滿舊東西的咖啡店，店主喜歡收藏以前的老東西，後來索性開咖啡店把店內佈置成懷舊風，與咖友一同經營，范母工作時的老闆，范母在這當服務員，也是在這裡學到如何煮出一杯好咖啡。

　　范母介紹芸芸甜品店與咖啡店合作，推出「公主下午茶」，一推出受到女性顧客歡迎，店內高朋滿座，成為年輕人最喜歡光臨的人氣咖啡店。

錢董事長

男　55歲　（范母的貴人）
房地產老闆，錢包失主，後來成為「范媽媽乾拌麵」的幕後金主。

在一次參加企業聚會之際，把錢包遺落在餐廳門口角落，被經過的薇薇撿到送到警察局，感激之餘錢董拿出十萬元禮金酬謝，被范母拒絕；錢董體會到家庭教育的重要性，范母教導女兒拾金不昧的重要性，也埋下了日後與范母合作的契機與緣份。

房地產的活動，也時常邀請珍珍來現場演出表演，兩個家庭成為好朋友。

金阿姨

女　六十歲　鄰居
獨居老人，范家鄰君，范母常來幫忙做菜打掃衛生。

行動不方便的獨居老人，一人獨居在小社區，老伴早年過世，獨生女則遠嫁美國，早已忘記了有一位老母親還健在。

范母知道情況後，三天二頭帶著三女就來幫金阿姨打掃衛生、煮飯、一起聊天吃飯、話家常，才知道金阿姨以前年輕時是服裝師，很會做衣服，因為老公過世後，太過傷心，無心服裝事業，造成公司倒閉，女兒遠嫁美國，才造成至今一人獨居現狀。

范母與金阿姨成為好朋友，經由范母的支持與鼓勵重拾裁縫專業，在社區成立「金阿姨裁縫店」為街坊鄰居服務。

阿美

女　阿莉高中同學閨密
熱心助人，溫柔體貼。

　　阿莉最要好的高中同學阿美，嫁去台北當家庭主婦，
讓阿莉羨慕不已。

　　老公常出差，徹夜未歸，差一點鬧出家庭革命，阿莉
當起和事佬，順利解決夫妻關係。

　　阿美老公安排阿莉第一次相親，坐沒坐相，吃沒吃相
的阿莉，嚇跑相親男。

　　阿美這一對夫妻，如何順利安排阿莉相親，配對成功
……

張父

男　四十五歲　（莉莉父親）
香蕉農，純樸、老實鄉下人，疼阿莉。

　　張父從一開始的不答應阿莉去台北工作，經過全家族票選決定，勉強答應，對女兒的愛不善表達，嘴硬心軟，在阿莉即將去台北的前一天晚上，叮嚀阿莉去台北要好好工作，注意安全，並送出自己手上多年的手錶，親手給女兒戴上。

　　阿莉在台北碰到不開心的事，看著手上阿爸的錶就覺得父親在身邊保護她。

張母

四十歲　（莉莉母親）
傳統女性，相夫教子，炒得一手好菜，種了很多蔬菜。

　　與阿莉有時像母女，有時像朋友，張母有時候會不經意的冒出一些搞笑的話語，總把家裡打掃得一塵不染，擅長煮一桌豐富營養的好菜。

　　第一個支持阿莉去台北打拚的支持者，也是所有人心裡最捨不得阿莉離家的人。

　　送阿莉去火車站時，阿母與阿莉相擁抱，母女倆互相叮嚀，彼此注意生活飲食，照顧身體，此時的阿爸眼淚在眼眶打轉。

　　送走了女兒阿莉，兩人手牽手走回家，渡過沒有女兒在家的第一天。

假如・我是一個月亮

原創小說

（急促的敲門聲）

　　阿莉啊，起床了沒，趕緊起床，去幫妳阿爸到果園收成香蕉，不要再睡了，一直賴床下去，以後肯定嫁不出去（阿母話還沒說完，房門已打開）。

　　誰說我嫁不出去，我是香蕉公主啊！追我的男人已從這個村，排到隔壁村了（阿莉不服氣的反抗著）。

　　最好有啦，去洗臉刷牙吃早餐，呷飽了快去蕉園幫妳爸，我先去香蕉園了。

　　好啦！好啦！阿母，我呷飽了，馬上去。好累喔，好想睡覺（看著餐桌上早餐）。哇，太好了，真是香，又是我最愛吃的乾拌麵，我阿母真會煮，真好吃，該減肥了，肚子都三層肉了，吃完趕快去幫阿爸。

　　小黑要不要去果園，汪汪汪汪（阿莉望著慵懶著趴在地上的小黑），走吧。

汪汪，汪汪汪汪……汪汪

（開心吐著舌頭，像鐘擺一樣快速搖著尾巴的小黑）

（阿莉一身綠色運動服，出現在一片綠色香蕉園）

　　阿爸、阿母、三叔公、阿叔、阿舅、阿姨、阿嬤……大家好，我來幫忙了。

　　趕緊趕緊把這一堆的香蕉放到貨車上去，趕著出貨。

　　好啦阿爸，交給我這個神力女超人阿莉就好（一大把香蕉輕輕鬆鬆就已經放在貨車上）。

（開貨車的司機睜大眼睛看著阿莉）

　　我還沒有看過女生力氣這麼大的，妳是第一個。謝謝大叔的稱讚，阿母生得好，頭好壯壯。

　　來來來……

　　大家先休息一下，喝我帶來的青草茶（阿母正招呼大

家）。

阿莉啊，阿爸什麼事情？妳不是最喜歡吃冰棒，妳去雜貨店買冰棒回來吃，錢給妳，妳去買……。好好好，還是阿爸了解我，好，我去買。

這青草茶就是好喝，能解渴降火氣消暑，好喝。

就多喝幾碗（阿母促銷著），來來來。

大家乾杯，乾啦（阿爸說著），你以為在喝酒喔，哈哈哈（一家人笑）。

有人在家嗎……

要找誰（母開門）

伯母您好，我是阿莉的高中同學，請問阿莉在家嗎？

高中同學喔……要找我家的阿莉喔。

哦，稍等一下，我去叫……

阿莉！阿莉！

妳同學要找妳！

哇……阿美，好久不見，怎麼有空來找我，走，去我房間聊。

阿母啊，這是阿美。

是我高中同學，是我最要好的同學。

阿美吃香蕉，這我家種的多吃一點。

多謝伯母……

我家是種西瓜的，下次來帶幾顆又大又甜的西瓜給伯母吃。

好啊，常來我家找阿莉出去玩，她都不出去交男友，像一個宅女，以後怎麼嫁得出去。

會的會的，伯母，阿莉在學校很多男同學在追的。

阿母，聽到了沒，聽到了沒，我就說我很多男生在追

的，妳還不信，我行情很好的，桃花朵朵開（阿莉手足舞蹈，開心說著）。

阿美，去我房間聊。

阿美別客氣。

香蕉拿去房間吃。

好。

謝謝伯母。

（手上多了一大串香蕉的阿美）

（阿莉拉著阿美的手）

阿美啊，怎麼有空來找我啊？阿莉我要結婚了！哇，恭禧、恭禧，祝福妳，什麼時候要結婚，我們這些高中同學一定要去參加婚禮……我這次來妳家裡，是想要找妳當我的伴娘，我的老公是台北人，後天就要結婚了，在台北

舉行結婚典禮。好啊！好啊！我當伴娘，妳與妳老公是怎麼認識的？我們是相親認識的，朋友介紹，很老實可靠，不像一般男人愛喝酒賭錢，最重要的是脾氣很好，很疼我，嫁老公就應該要嫁這種，不要嫁太帥的，沒有安全感。是喔……

又帥又有錢，不是更好？不好，阿莉，以後等妳找到屬於妳的另一半時，妳就知道我在說什麼，也對啦，碰到了就知道了，我家阿母天天催我快嫁出去，我去哪找男人來娶我。

搞不好後天來台北當伴娘，會在現場遇見合適的男人也說不定；這個好，這個好，憑我林志玲般的身材與漂亮臉孔，肯定能迷倒一票台北男人……。

對對對……阿莉最漂亮了。

來來來……吃香蕉（阿美拿香蕉給阿莉，跳著舞幻想

著）。

我後天早上八點會派車來接妳，阿莉，別睡過頭。

我先回家了，後天見。

阿母，我明天要去台北，去台北做什麼？

阿美啊，明天結婚要嫁去台北，我要去當伴娘……

可以，不錯，當伴娘，去台北看會不會認識男的，交個男朋友回來給我們看。對啊對啊，都幾歲了連個男朋友也沒有（阿爸手拿饅頭吃著小菜，一邊說著）。

能夠遇到好男人是可遇不可求的，我盡量明天在台北找找看，也需要月下老人幫忙牽紅線才行。

今年再不嫁出去，明年妳就嫁給隔壁村養豬戶林村長家的大兒子大牛，他們已請媒人婆來家裡說親三次了。阿爸阿母你們放心，我今年肯定能把自己嫁出去，那就太好

了，來，快吃，飯菜涼了（阿莉大口吃饅頭，把豆漿一飲而盡）。

隔天一早四點，起得比雞還早的阿莉，已起床準備著，換好漂亮服裝，開心的坐在床上等著。

打開電視機看著二十年前的舊片八點檔，看著看著，眼皮終究贏不過瞌睡蟲，阿莉睡著了，呼呼大睡打呼了起來，可見有多累……

（時鐘一秒一秒的過去）

阿莉，起床了，阿美的伴娘車來接妳了。

（正在做夢流著口水吃著美食的阿莉，被阿母搖醒）

阿母早，要吃早餐了喔！什麼吃早餐？妳今天不是要去台北當阿美的伴娘，對喔！今天要去台北，伴娘車已經來到家門口了，還不趕快洗臉刷牙去台北，我準備了打包

好的早餐妳帶在車上吃，好，阿母，謝謝啦，我去台北了，帶一個男的回來給阿母阿爸看。

最好是有啦！

早餐記得要吃。

好啦！好啦！

（阿莉上了車，吃著早餐，阿母親手做的飯糰早餐，看著窗外景色）

（結婚車隊排隊整齊的高速奔馳在高速公路）

（地上一串串長長的鞭炮聲，把在睡夢中的阿莉嚇醒）

到台北了，妳是伴娘，要一直跟在新娘旁喔，好，我知道了，阿美妳今天好漂亮！

老公，這就是我常提的高中同學阿莉。謝謝妳來幫阿美當伴娘。老公，阿莉還沒有男朋友，有不錯的男生記得

　　　　　　　　　　　假如・我是一個月亮

要介紹給阿莉，好的！我看我的公司同事有沒有人還沒有結婚的，就介紹給阿莉看合不合適。

（阿莉隨著阿美在夫家看了結婚儀式，心想，結婚真好，心中暗自設定人生目標，我今年一定要把自己嫁出去）

　　阿莉，這個當伴娘的紅包給妳，不用啦！阿美，我們是好姊妹，我是專程來幫妳的，要什麼紅包？不行不行，這個紅包一定要收下，兩人左推右推。

　　阿莉，拿了這個伴娘紅包後，桃花運就會來了，很快就會有男朋友的！真的嗎？要要要……紅包快給我……我要！我要！……

（拿下紅包的阿莉，一臉快樂樣）

　　阿美，我明天早上要回南部家了。這麼快就要回去了？我還想叫我老公介紹給妳他的男性朋友，辦一場相親大會呢？台北真是好地方，我也想留下來多玩幾天，但我

想到我家阿爸阿母每天要搶收香蕉，很辛苦，我想明天就回家幫忙。阿莉妳都沒變，還是這麼孝順。

　　孝順父母是應該的，我們做子女的要時常陪伴父母，父母年老時最怕沒人陪伴，對，沒錯，真是應該要好好陪伴父母，這一點我一定要向妳學習。

　　就算我已經嫁出去了，我還是會帶老公時常回娘家看父母的。

　　阿美，妳今天嫁人，我非常高興，在唸高中時，我們這幾個同學，還在想，誰會先嫁出去，當時的妳連個男朋友都沒有，今天卻突然來了一個老公。

　　這叫姻緣天註定，阿莉妳一定會找到自己的幸福的。

　　謝謝妳，阿美。

　　阿美這杯酒，我祝妳永遠幸福，早生貴子。

　　阿莉我祝妳，早日找到妳心中的白馬王子。

乾啦⋯⋯

來來來，來玩我們高中時最喜歡的划酒拳。

來呀！誰怕誰⋯⋯

棒打老虎，雞吃蟲⋯⋯

棒打老虎雞吃蟲，棒子，妳輸了阿莉，喝，哇，這麼大杯酒。

（兩人划拳喝酒，懷念高中時期時光，喝喝喝⋯哈哈哈⋯來來來⋯再來⋯⋯）

（一早阿莉來到台北車站買了回屏東的火車票）

（火車進站，阿莉買了早餐便上了車，坐在靠窗的位置，吃著飯團喝著豆漿看著窗外，心裡想著）下次有機會再來台北，這次來連想去逛台北夜市吃美食都沒時間，下次再來，台北，再見。

（火車轟隆轟隆一站過一站，人來人往萬頭鑽動，天氣的炎熱使人很快進入夢鄉，正在睡夢中編織著吃美食美夢的阿莉被乘務員搖醒）小姐，已經到了終站，妳要下車了！（看了車上空無一人，阿莉拿著行李下了火車，上了計程車回到了家中）。

阿爸阿母我回來了！回來了阿莉，台北有沒有很好玩？這次去台北當阿美的結婚伴娘，一到就開始化粧換禮服，根本沒有時間去台北逛街買東西，只能等阿美下一次再找我當伴娘再好好逛台北。妳在說什麼，阿美嫁一次就好，還要再嫁一次喔，哈哈哈，對對對（阿莉笑著）。

阿不然我嫁去台北好了！想一想就會有了喔！（阿母說著，阿莉聽著），中午吃完飯先睡個午覺，下午我帶妳去香火鼎盛的月下老人廟拜拜，求姻緣，保佑趕快出現白馬王子來給妳拯救一下，阿不是拯救，是帶走。行李先放

下去洗個澡休息一下，等一下吃飯我叫妳，好啦、好啦，

阿母！

汪汪汪汪汪汪汪汪汪汪……

汪什麼汪啊！誰家的狗在那邊汪汪，我很累吔，要

睡覺。

汪汪汪汪汪汪汪汪……

誰呀，誰呀……

汪汪汪汪～

哦！原來是我家小黑，小黑你是在叫我起床吃午飯，

對不對？

汪，是阿母叫你來叫我起床的對不對？汪汪。

我不在家的這幾天，你有沒有每天晚上起來守夜，保

護阿爸阿母當個稱職的看門狗，汪汪汪汪汪汪汪汪汪汪

汪汪汪汪汪汪汪汪。

你叫了十九聲汪（阿莉數著手指，一、二、三⋯⋯）。

小黑你這十九聲汪的意思就是：我每天都有在晚上守夜，保護阿爸阿母的安全，對吧！汪。

真是一隻特別通人性的小黑，還是我們鄉下的土狗最好，走，小黑，小黑乖，吃飯去，汪汪。

（搖著尾巴的小黑跟著阿莉來到飯廳。小黑正狼吞似的大口吃著飯）

阿莉，台北有好玩嗎？機車很多，空氣不好，聽說台北夜市很多好吃的小吃，可是，這次去沒有吃到，下次有再去找來吃。

阿莉，吃飽後，我帶妳去月下老人廟拜拜求姻緣。阿母我吃飽了。這麼快？阿母才吃了一口，妳就吃完了，等阿母吃完，再去，吼，快快快，吃快一點。

吃飯要細嚼慢嚥，才會照顧到肚子，好消化保健康。

（阿母慢慢的吃著，阿莉著急的等著）

好了，吃飽了，走吧！阿莉。

阿莉她爸，你洗碗。

好啦，好啦！妳們快去，為了女兒阿莉的終身大事，碗我來洗就好。（阿爸霸氣的說著）

（阿莉拉著阿母的手開心的出門去）

（阿母騎著機車，載著阿莉）

阿莉到了，月下老人廟到了，哇，好多人，都是像妳這種想要結婚而沒有對象的人來拜的。

（阿母點了香，拿香給阿莉）

阿莉，香給妳，心誠則靈，向月下老人說出妳的想法，請求月下老人賜給妳一段好姻緣，早日覓得好丈夫。

（阿莉拿著香，跪在地上，心裡默念著）

（拜完了後站起身的阿莉，卻看見阿母也在拿香拜拜）阿母，這間廟是什麼廟，月下老人廟啊！

是不是專門給單身的人求姻緣，找另一半的？

對啊！哪妳怎麼也在拜，我覺得妳和阿爸兩人感情還蠻好的，難道這一切都是假的……阿母。

（阿莉一臉懷疑狀）

妳這個三八女兒，我與妳阿爸感情好得不得了，我是在幫妳求月下老人，又不是我，妳想太多了，真是的。

阿母，這樣我就放心了。

走，回家，煮飯去。

（兩人坐上了機車）

阿莉，今天想要吃什麼？阿母今天是十五，妳和阿爸要吃素。

對啊！我都忘了，那今天就吃素麵好了，吧！我要吃又香又好吃的乾拌麵。

（阿爸開著貨車進家門）

剛剛送香蕉過去，今年的收購價不是很好，會少賺一些錢，扣除本錢，只賺一些，沒關係，看下次的收成會不會更好，這也是沒辦法的事情，天氣太熱了，造成香蕉價錢不好。阿爸先喝水，休息。

阿爸阿母還是我先去找個工作上班貼補家用？不用不用，阿莉在家幫忙就好。我很多的同學不是跑去台北工作，就是嫁到台北，我也想去台北。

妳看阿美長得比我還不漂亮，都可以嫁到台北了，我更可以。妳現在又還沒有對象，昨天才去月下老人廟拜拜求姻緣，才一天時間，再等一等，老天自有安排的。過一陣子真的沒對象，就嫁給村長的大兒子大牛。

我才不要，難怪叫大牛……眼睛大、鼻孔大、耳朵大，真像一隻大水牛，我和他一點也不來電，什麼電？（阿母問著）不來電，就是沒感覺，沒興趣，不喜歡……

（阿莉衝回房。對著鏡子哀怨的臉正梳著頭髮。突然手機響。鈴鈴鈴……）

嚇我一跳，誰打來的，是阿美。

阿美啊！阿莉，多謝妳來當我伴娘，我在台北過得很幸福，有空再來台北玩。

阿美，我有在想，想來台北找工作，也順便看看我的好姻緣是不是在台北？應該不是順便吧？我還不了解妳，阿美，是專程來台北找丈夫的，哈哈，妳很煩吔！一定要說得這麼白嗎？我們這幾個閨蜜同學，就剩我還沒嫁人了，我不想當老處女，沒人要，想我長得如此貌美如花，

要身材有身材，要臉蛋有臉蛋，這些男人眼睛是不是不是很好，竟然沒有發現我的存在？是妳自己太挑了，阿莉妳要男的長得帥，又要多金有錢，又要疼妳又要他聽你話，講得我也想要，可惜我結婚了，這種人目前在人世間缺貨中。

我看哪，妳來台北找看看，妳阿爸阿母要給妳來台北嗎？

明天就去跟他們說。

好啦，好啦，過來台北，可以先來住我家，我再陪妳去找工作，我在台北閒得很，老公不讓我工作，專心當家庭主婦就好。真好，真羨慕阿美妳，有一個疼妳的好老公，真是幸福，同學裡妳嫁得最好，每個人人生有不同的際遇。雖然我不用工作，但我一個人天天在家也會孤獨的，他又常常出差不在家，我才新婚吧！不說了，搞不好以後我也

羨慕妳的家庭生活，不跟妳聊了，阿莉，如果確定真的要來台北工作生活，提早告訴我，我去台北車站接妳。好，好，阿美，我與阿母阿爸商量一下，再告訴妳。好啦！阿美，妳快去睡。睡，才九點多睡什麼，這麼早，我這是台北，對吼！我這裡是屏東鄉下，我先睡了，拜拜，阿美。

（阿莉開心的跳上床）

太好了，我要去台北，明天問阿爸阿母。

好好睡個覺！（關燈燈暗）

（阿爸在果園，阿母正在庭院餵雞）

阿母，早安，餵雞喔，我來餵好了，阿母。

我快餵好了，雞快吃飽了，沒關係，我來餵（硬搶阿母的飼料，邊撒飼料走來走去的阿莉開口了）。

阿母，阿母，阿母。

　　　　　　　　　　　　　　　　假如・我是一個月亮

（一臉撒嬌狀）

我想去台北……妳說什麼？（阿母問著）

我說，我想去台北。

在屏東好好的，去台北幹嘛？

我要去台北找工作，在屏東沒有工作嗎？

唉唷！屏東會有什麼好工作，連阿美都嫁去台北了，我在這都沒什麼好朋友可以聊天出去玩；我已經跟阿美說了，我去台北生活找工作，體驗一下台北人的生活也不錯。真的不錯嗎？房子又貴，空氣又不好，車子又多，人也多，有什麼好？

年輕人一直在離開農村，都剩下老人與狗了。

真的想去台北找工作，我寧願妳去台北相親找老公。

順便啊？先找工作再找老公，阿美也說會幫我介紹，如果我在台北找不到好工作，找不到合適的男人，我就回

來，但阿母，我先聲明（一臉正經樣子，腰桿挺直直的）：我寧願孤獨老去，也不嫁無愛之人。

這句話好像是什麼電視劇的台詞。

等妳阿爸回來，大家商量一下。

阿爸在哪？他在果園。

等阿爸回來好了。

（阿莉在客廳看電視，正在播台北城市宣傳片，台北歡迎您）

我都還沒去台北，台北已經在歡迎我了（阿莉自言自語）。

（庭園外，阿爸車到家，抱著一顆大西瓜）

來，吃西瓜，吃西瓜，阿莉不在家喔，真甜，來吃一個（阿爸阿母兩人一片接一片，聊起天來了），你去哪買

的，這麼甜，天氣這麼熱，吃西瓜就對了，消暑。阿母完全忘記阿莉的存在，西瓜一片接一片的吃。

吼……

阿爸阿母太過份了。

你們在吃又香又甜的大西瓜，也不叫一下，我在房間都聞到香味了。

（阿爸、阿母沒空答話，大口吃西瓜）

這個西瓜真是甜，這是阿爸買的喔（吃著西瓜的阿莉吐出西瓜子，引來好幾隻雞前來叼食）。真甜真會買，阿母啊，我想晚上不用煮飯了，吃西瓜都吃飽了。

妳們多吃一點，吃完還要再吃，車上還有三顆，再切來吃，我先去洗澡了，一身汗，好，阿爸，我與阿母多吃一點。

（阿母吃得滿嘴西瓜子）

第一次吃西瓜吃到這麼甜的，一下吃太多了，剩下這些西瓜都交給妳了，阿莉，多吃一點。

　　阿母，我怎麼覺得看到阿爸，好像有什麼話想對爸爸說，又想不起來要說什麼……模糊的記憶中好想對爸爸說我愛你，感覺好像說過又好像沒說過。

（阿母，搖頭……）

　　年紀輕輕的，這麼快就有老人健忘症。

（享受著肥美多汁的美食，忙著吃西瓜的阿莉，左耳進右耳出）這西瓜太甜了，比我同學阿美家的西瓜還甜。

（突然說出阿美二字的阿莉，放下西瓜，腦中浮現一個畫面，阿美＝台北）

　　我想起來了，我找阿爸是要告訴他，我要去台北發展，想起來了。

　　我以為妳忘記了（阿母一臉笑著），吃完晚飯後再說，

把沒吃完的用保鮮膜包一包，放到冰箱裡，我再切二顆，一片一片的，妳分送給三叔公、阿叔、阿舅他們。

我們家的家訓就是好吃的東西，要與親戚一同分享。阿莉妳送完後回來吃晚餐。晚餐後，我們再來研究去台北的事。

好，我去送西瓜。

阿母，妳要支持我去台北喔，不能投反對票。

（阿莉開心的送西瓜去）

三叔公，我阿莉啊，我送西瓜來給你吃。真乖真好，還會送西瓜來給三叔公吃，沒白疼妳。

（好甜的西瓜，三叔公大口吃著起來，嘴停不下來）

三叔公您慢慢吃，我還要把西瓜送去給阿舅他們。

好，妳快去，三叔公再見！

阿母，我西瓜送完了，三叔公吃得好高興喔，三叔公吃著西瓜，露出只剩二顆大門牙，好像布袋戲的哈麥二齒喔，三叔公沒載假牙，應該是正在洗假牙吧！

去洗洗手，把炒好的菜拿去餐桌，妳可以叫阿爸來吃飯了，我再煮個什錦蔬菜湯，給你們補一補。

阿母妳切菜技術不輸五星飯店主廚。

那當然，阿母最會煮菜了。

阿爸阿爸吃飯了。

好啦，好啦，我馬上來。

呷飯呷飯，真香，肚子好餓，忙了一天。

（阿莉添飯）

阿爸阿母，飯來了。

（三人吃飯，鴉雀無聲，專心吃飯，用心體會飯菜的美味）

（阿爸吃完起身走向客廳看電視）

假如・我是一個月亮

（阿母阿莉面對面，不發一語專心吃飯）

（吃飽飯的阿爸，正在收看新聞，喝著泡好的茶葉，一小口像喝卡布奇諾咖啡般的細細品味。新聞正播出台北的新聞，有一戶家庭全家出國遊玩五天，回到家宵小光顧，家裡首飾、收藏的手錶、現金存摺全部被偷走，連客廳的一整套皮沙發也被搬走）

（看得入神的阿爸）

　　台北賊仔真多，治安這麼差，出個國回來被賊全搬走。

（阿母正在洗碗）

　　還是我們鄉下好，左鄰右舍全村的人都彼此認識，窗戶不關大門不鎖，也不會有人來你家偷，我們這個村只要看到生的面孔來，所有人都會特別注意，我們村還得過縣府頒發「最佳守望相助社區獎」，這是全村人的光榮。

　　阿爸，台北也不是都這樣的，台北也有很多好的一面；

最起碼各行各業的工作機會，就比屏東鄉下多很多。

這一點我認同，台北工作多，但鄉下這裡也很好啊，種出汁多味美的水果，銷往台北做生意，也是很好的頭路啊！

錢多錢少，夠用就好，想要的很多，需要的不多，身體健康最重要，台北空氣這麼差，我們這多好，青山綠水空氣好，身體健康樣樣好。

（阿莉看著阿爸，嘴裡支支唔唔，一直沒機會開口）

（阿母看著阿莉）

阿莉，妳不是有話要告訴阿爸？

什麼事情？

阿爸，有一件事情想要找你商量……

什麼事妳說，是不是沒有錢用了，阿爸這有錢，給妳拿去用。

（阿莉用手拒絕阿爸拿錢的手）

　　我不是沒錢用，是想與阿爸阿母商量……我想要去台北工作。

　　原來是這件事，妳去台北要幹什麼，在家裡好好的，在台北我們家也沒有什麼親戚朋友，台北人又不是很好相處，空氣又差，馬路汽車機車又多，多危險。

　　有啊！我高中同學阿美就在台北。

　　妳說的是前一陣子婚禮找妳當伴娘的阿美，對吧！她不是才嫁去台北不到一個月，她住在台北應該也還不習慣吧，是她找妳去台北的嗎？

　　不是，是我自己想去的。

　　台北，好地方，有夢想的人都應該去台北看一看。

　　台北人都很冷漠，住家鄰居彼此都不認識，不夠熱情，不像我們南部人，熱情阿沙力，鄰居彼此守望相助，以防

宵小，有什麼好吃的水果及蔬菜，還會互相分享，呷好道相報，還是待在鄉下比較好，比較有人情味。妳如果要找工作，我問一下，屏東市區的朋友，有什麼工作適合妳做的。

阿爸，不一樣啦！現在我這個年紀最適合出去社會闖一闖，我這些年一直當香蕉公主，我們村、隔壁村取的外號，因為我們家是種香蕉的。

（阿母自言自語）還好我們家不是養豬的，不然這不是在罵人嗎？

種香蕉有什麼不好，這些年都出口到國外去，賣了好價錢，只有今年生意比較不好，看天吃飯的果農，看老天爺賞飯吃。

阿爸，越是這樣我越覺得這樣不行，如果下次香蕉收成又不好怎麼辦？所以，我才想去台北找一份薪水高的工

作，來賺錢貼補家用。

賺錢的事，一家之主的我來負責就好，好好在家與阿母作伴，幫忙果園當乖女兒。

我是覺得女兒去台北磨練磨練也是可以的，可是又怕台北治安不好壞人多，阿莉碰到壞人怎麼辦？

你想的與我一樣，做父母的當然不希望孩子出遠門離鄉背井，不在父母身邊，擔心這擔心那，又擔心什麼時候才能交到男朋友，趕快嫁出去。

阿爸阿母，我這次去台北工作，一定想辦法騙也要騙一個男的回來當男朋友，交一個回來給阿爸阿母看。

可以不要用騙的嗎？一點也不像我們家的風格。

阿爸阿母，你們答應了嗎？我要去台北，我要去台北，不管，我一定要去台北。

（阿莉像小孩子般的要阿爸阿母答應）

我們考慮一下。

不要再考慮了，我已下定決心要去台北工作及找男朋友。如果阿爸阿母還是不能決定，那不然找三叔公來當公道伯，看我適不適合去台北。找家族成員投票反對或贊成，用選票來決定我是否可以去台北好了，這樣公平吧？

如果真的反對票過半，我不能去台北，我也認了。今年不去，明年再去台北，我現在就去找三叔公。

（阿莉騎上腳踏車，去找三叔公）

三叔公，三叔公。

阿莉，什麼事？

來，吃西瓜。

好，好甜的西瓜喔！

三叔公，西瓜去哪買的，這麼甜。

這不就是前幾天，妳送來的；阿莉真孝順三叔公，還送很多給我，吃到現在都還沒吃完，冰箱還有好多。

三叔公，我家阿爸阿母有事情要找三叔公，我家有事情，需要三叔公來商量決定。

好啊，好啊！

咱家族就是有倫理、長幼有序，注重家族輩份倫理。

（三叔公心想，該不會是想幫我過七十大壽，下個月就是了，快到了，開心笑著，幻想著……）

三叔公，三叔公……（阿莉叫著）

（三叔公回神）

哦！阿莉，什麼事？

三叔公，走，去我家，阿爸阿母在等著三叔公。

好、好、好。

走，我去牽我的鐵馬。

（阿莉、三叔公兩人騎著鐵馬一前一後回到阿莉家）

　　阿爸阿母，三叔公來了。

　　金木、月娥，找我到底有什麼事？

（三叔公一臉開心，滿心期待）

　　是這樣的，阿莉想要去台北工作，想要請三叔公給點意見。

　　喔！原來是這件事，我還以為是那件事。

（阿爸阿母目光看著三叔公）

　　是什麼事，三叔公？

　　沒有沒有、沒有事。

　　阿莉想要去台北。

　　去台北要幹什麼？

　　三叔公，是這樣的。這次的果園香蕉收成不是很好，收購價格很低，我不想阿爸阿母這麼辛苦，所以我想去台

　　　　　　　　　　　　　　假如・我是一個月亮

北找薪水高的工作，賺點錢給家裡貼補家用。

（阿爸阿母看著阿莉）

　　妳也真是孝順，會為父母著想。

　　金木、月娥，你們答應了嗎？

　　還沒有，我與月娥拿不定主意，所以才找三叔公來家裡給點意見，到底該不該讓阿莉去台北。

（眾人邊吃香蕉一同討論）

　　我是感覺去台北各有利弊，好處是阿莉去台北賺錢，賺到錢寄來給金木月娥當生活費，不好的是一直感覺台北人不好相處，治安又不好，空氣又差，怕阿莉到時候在台北被欺侮。

　　三叔公，我也是這樣覺得（阿爸附和著）。

（三叔公吃了第四支香蕉，開口了）

　　啊，不然這樣好了，把家族的人都找來這，我們用投

票票選，少數人服從多數人的決定，來最後確定到底阿莉應不應該去台北工作一事，定案。

阿莉，妳現在打電話把妳阿舅、阿叔、嬸婆、表哥、表弟、表妹……全部的人都叫來這，大家來票選。

好，三叔公，我現在打電話請他們來家裡。

（阿莉一一去電，告知大家來家裡吃水果大餐，眾人一聽有好吃的，大家放下手上事情，十分鐘內全員火速到齊，效率很快）

（眾人一排排整齊坐著，看著桌上的一堆香蕉。阿莉分配香蕉給大家。舅公手拿香蕉一口咬下，一臉嚴肅，不是很開心的開口了）

找我們來是有什麼事情？（眾人目光全部看著阿莉，阿莉一臉不好意思）

是三叔公請大家來家裡，商量討論一下，因為我想去台北工作，希望家族成員建議，到底適不適合去。

金木、月娥這種事，你們當父母的決定就好，還要問我們意見（舅公問著）？

當然了，這是大事情，家族族訓有一條，凡是誰家有大事，由家族成員投票決定。

（眾人看著三叔公）

沒錯沒錯，這是從我三叔公的阿公那一代，一代又一代傳下來的家族族訓。

（年青一代的聽到要去台北，快樂到不行）

我身為阿莉的堂哥，我贊成阿莉去台北。我也是，我是表哥，我也贊成，我是堂姊、表姊、表妹、表弟、堂妹、堂弟……眾年輕幫一致贊成阿莉去台北。

為什麼支持阿莉去台北工作？（三叔公像個包青天審

問犯人似的）

　　因為阿莉去台北，可以學習到更多的新知識及社會經驗，以後可以回來屏東鄉下為家鄉做事。

（正在吃第二根香蕉的舅公說話了）

　　我覺得當子女的，父母在不遠遊，應該留在家裡幫忙香蕉農作，畢竟果農都是以此為生。

　　舅公就是因為我們以此為生，更要為蕉農開拓新出路，一年不如一年的香蕉價格，到明年的收購價格，不就要倒貼了，除非出現大量國外訂單，可能才有辦法解除困境。

　　只要阿莉答應我一件事，我就同意阿莉去台北。

　　阿母，妳答應了？

　　阿莉……

　　我的條件就是妳在台北找到一個妳喜歡的工作，但是

最重要的是，一定要找到一個適合妳的男朋友，趕快找老公嫁出去，如果辦得到，我就答應。

阿母，這個條件對我來說輕而易舉，我長得這麼可愛美麗，男生都一定會靠過來，要請我吃飯，認識我。

（三叔公主持會議）

不然這樣好了。反對阿莉不要去台北的請舉手，老人幫全舉手，只有阿母及阿爸還沒有舉手。

同意阿莉去台北工作的請舉手。

（年輕幫一致全體舉手，再加上阿母一票。阿莉看了阿爸，阿爸還是反對）

阿爸你放心，如果我在台北工作得不順利，馬上回家，不會留在台北，我也會注意安全，也有熟人阿美在台北可照應，所以別擔心。

（其實阿爸心裡是支持的，只是捨不得女兒去台北打拚吃

苦）

　　阿爸阿母都不在身旁，阿莉的三餐吃飯怎麼解決？感冒生病了怎麼辦？沒人照顧，找不到工作怎麼辦？沒錢用怎麼辦？

（三叔公拍著金木肩膀）

　　金木，兒孫自有兒孫福，如果阿莉執意要去台北打拚事業，何不給孩子一個外出打拚的機會，真的在台北待不下去，還有我們家族的人在這，家族人一條心，發生什麼困難，大家一起解決。

　　同意讓阿莉去台北工作的人請舉手（年輕幫全體舉手，老人幫你看我，一個個也舉起手。阿母也同意，所有人的目光看著阿爸，阿莉也用拜託的眼神看著阿爸，阿爸看著阿莉也舉起手來）。

　　我宣佈，阿莉可以去台北了（三叔公大聲宣佈著，年

輕鬆開心著）。

（阿莉跑過去抱著阿母，抱著阿爸）

　　阿母阿爸我最在意的，就是你們的支持，如果你們其中有一位堅決反對到底，我想我台北也去不成了，因為我要父母的支持，有了父母的支持去台北打拚，我會更有自信。

　　金木月娥來你家都只能吃香蕉，又不是猴子，一直吃香蕉，肚子好餓喔！大家餓不餓？難得全家族的人都來家裡，所有人留下來吃飯，家裡冰箱菜一堆，我來下廚，阿莉妳先泡茶給大家喝，再進來廚房幫我。好好好，阿母，我泡完茶馬上過來。

（阿爸拿出阿莉小時候的相片給大家看）

　　三叔公你看，這張是阿莉一歲時，你抱著的相片，實在是真可愛。

時間真快，一下子就這麼大了，你們這些年青的，桌上的零食瓜子自己拿來吃，不要客氣，當自己家一樣，隨意就好。

　　阿莉，把冰箱的三層肉拿出來，等一下我來做三叔公最喜歡吃的蒜泥白肉，把豆腐、絞肉也拿出來，你阿爸最喜歡吃麻婆豆腐。

　　難得所有人全到齊來家裡，今天的家族聚會一定要煮一些好料的給大家享受，今天就來做，張媽媽十二道金牌菜。

　　第一道蒜泥白肉、第二道麻婆豆腐、第三道芥蘭牛肉、第四道竹筍炒肉絲、第五道炸排骨、第六道白斬雞、第七道紅燒魚、第八道水煮蝦、第九道高麗菜、第十道菠菜、第十一道三杯雞、第十二道什錦蔬菜排骨湯，主食是乾拌麵。

阿母真厲害，根本就是總舖師廚神，什麼菜都會做，都流口水了（阿莉就這樣幫著阿母當助手，一下洗菜，一下切菜，一下子煮蝦……）。

　　（一個小時過後……。正在吃著零食、看電視、泡茶、玩象棋的一群人）

　　好香啊！什麼菜這麼香。

　　好餓、好餓喔！（所有人放下手邊零食，直奔餐桌找個好位子）

　　來來來，三叔公坐主位，我去拿高粱酒，今天大家都喝一杯慶祝一下，上菜囉！（阿莉端出第一道菜：蒜泥白肉）這道菜是我做的，最簡單，堂弟堂妹你們幫忙去拿碗筷，好的，阿莉姐。

　　（阿莉像模特兒走秀般的，陸續端出十二道金牌菜，眾人流口水看著……）

呷飯喔！

（月娥端出第十二道菜什錦蔬菜排骨湯）

這道菜最棒，年輕人等一下多喝一點，什錦排骨湯，營養豐富，富含鈣質的湯，對身體有很大的幫助。

別客氣，大家請用（開始用餐了，大家手拿筷子，眼睛直盯自己最喜歡吃的菜，猛流口水……）。

三叔公，您坐主位，輩份最大，您不挾菜開動，身為後輩的我們誰敢開動啊！

喔！原來是這樣啊！我還在想大家在等什麼，看了這麼多好吃的菜，都不知道要先夾那一道菜了。

我宣佈開飯啦！……開動（香噴噴、香噴噴，真香的菜，語畢，眾人十八雙筷子在十二道金牌菜中，上下左右飄移著）

（三叔公吃著蒜泥白肉）

這道菜是誰做的？

（阿莉興奮得高舉手來）

三叔公，這道菜是我做的。

（三叔公給阿莉這道菜一些建議）

下次在製作這道菜時，切片不要太大塊，要小片一點，還有最重要的調味料要弄一盤來，做法就是：蒜泥加上醬油，及辣椒切碎、香菜、香油、薑絲，用這個調味，在吃蒜泥白肉時沾上這個特製的調味料，才會好吃，我給這道菜七十分，阿莉現在去廚房弄一盤調味料來。

好，三叔公，我現在馬上去弄。

沒想到三叔公還是美食專家（金木拿起酒杯敬三叔公）。

三叔公來，乾一杯，祝三叔公身體健康（月娥拿起酒杯敬三叔公，身體顧好勇，呷百二）。

謝謝，金木月娥，煮這麼多好料的，我建議我們家族應該一個月固定聚會一次，每家照輪當主人辦，每個月一號的家族健康美食聚餐。

（年輕人幫一聽到有好吃，連忙舉起手，同意同意，舉起金黃色的啤酒，全體起立敬三叔公一杯酒）。

　　調味料好了，三叔公，吃看看我調的特製調味料對不對味道？

　　我吃一片看看（三叔公夾起一片三層肉，沾一下調味料，入口一臉享受美食狀），就是這個味道，讚，太好吃了（每個人筷子直奔一號菜，一下子就只剩二三片了）。

　　三叔公還有其他的十一道菜，大家也要夾來吃。

　　好的，月娥。

　　來，大家用菜……，喝一杯，年輕人……。

（酒量超好的阿母，拿起酒杯敬在場的家族成員，多謝大

家支持阿莉，多謝三叔公來家裡主持家族會議，乾杯……

年輕人也要乾杯……）

我三叔公是家族裡年紀最大的（大家舉起杯來）。阿莉，這杯酒所有人敬妳，預祝妳在台北能夠順順利利的找到好工作。賺到錢要好好的孝順父母，如果真的在台北發展不順利，就回家，全家族的人都支持妳，在家鄉開個冰菓室也不錯，大家集資開一家專門賣水果冰的店，在家鄉開店不出遠門，對父母也有個好的照顧。

三叔公，謝謝對我阿莉的支持與照顧，阿爸阿母，放心，我去台北想要去做我想要做的事，我也會注意安全。

年輕人都會有一些夢想，不去做怎麼會知道會不會成功，萬一成功了呢？

這句話最近很流行，不知道是那位名人說的，說得真是好；沒錯，萬一成功了呢？只要有百分之一的機會，我

都想要去試一試，不要以後自己後悔，如果，萬一如果，我在台北一事無成，我就回來繼續當我的香蕉公主好了。

　　阿爸阿母多謝，三叔公……還有我們年輕幫成員，謝謝大家支持阿莉，阿莉不會讓大家失望的，來來來，大家乾啦！（阿莉一飲而盡，滿臉通紅）

　　喝慢一點，喝太多了，酒很烈，多吃一點菜，多喝水，大家多用菜，二號到十二號金牌菜，都是我做的。吃，大家吃，要全部吃完，吃不完你們就打包回去，不要浪費好食物。

（酒過三巡，歡樂過後，家族成員們陸續離開，阿母打包著菜尾，分送給大家）

　　三叔公這包帶回去，好，謝謝，金木呢？

　　金木喝醉了，在房間睡覺了，他今天也喝很多。

　　月娥，我要回家了。

三叔公，慢走，有空再來。

（阿莉收拾餐具、收垃圾，正在廚房忙）

阿母，三叔公走了，還打包一大包菜尾帶回去。地上掃一掃弄乾後，趕快去睡覺休息，阿爸喝醉了，早就在睡覺了，好，阿母也早點休息。

（躺在床上的阿莉想著：好險……）

今晚，以為去不成台北，沒想到總算說服所有家族成員，阿爸阿母也一致同意我能夠去台北工作而感到開心，殊不知在台北是好是壞，還有很多的困難，等待著我去體驗及解決，人生不就是這樣嗎？時時刻刻都有驚喜，人生無常，把握當下每一刻很重要。

（阿莉的這一晚，睡得特別安穩，因為解決了一件她心中的大事情，此刻身心放鬆，睡得比往常還更容易入睡，打起呼來了）

（五點一到，鄉下的雞叫得比家裡的鬧鐘還要準時，阿爸酒醒後，吃了阿母做的早餐，一早就去果園了，而阿莉卻睡到中午才起床）

　　阿莉，起床啊，十二點了，下樓來吃飯，我還要送便當去香蕉園給阿爸，以及三叔公他們吃，妳吃完後，碗不用洗，阿母回來後再洗。

　　好，我知道，阿母妳去吧！

（阿母把打包好的便當，放在機車後座置物箱，騎著排氣管冒著黑煙，為了省錢而捨不得換機車的二行程機車。看著阿母的背影，阿莉心中告訴自己）

　　我去台北一定要好好的工作，賺到錢，買一台好一點的機車送給阿母。

（一邊吃飯，一邊流淚，阿莉吃的每一口飯，都含著眼睛落下的淚水）

（阿莉正在與阿美通電話……）

　　阿美，我阿莉。阿美，我過幾天就要來台北發展找工作了，哇，真的嗎？太好了，快來台北找我，我在台北真是無聊。妳阿爸阿母答應妳來台北了，不是不讓妳來台北嗎？是啊！為了我要去台北的這件事，阿爸阿母還召集了我們家族的所有成員來一起投票，所以我這次來台北，是所有成員一致決定投票來的。哈哈，妳們家真是民主，用反對或支持來決定事情。

　　什麼時候來台北，我去台北車站接妳。我打算周日就出發來台北，明天先去買預定的車票，到達台北車站的時間我會提前告知妳。

　　好，阿莉，來台北我們也有一個伴。到時候來我家住，我會告訴我老公，說妳要來，要找時間安排介紹他公司同事給妳認識，在台北條件不錯的男生，還是蠻多的。這個

好，我喜歡。這一次來台北，除了找工作以外，還要找未來的老公，阿母的同意條件就是要在台北找到男朋友。

還要帶回家給他們看過，看適不適合。

我知道了，阿莉，到時候通知我幾點到，我再去台北車站接妳。好的，謝謝阿美，保重身體，等我來台北找妳，好，等妳來，拜拜。

還好台北有阿美在，不然真的在台北一個人也不認識，住什麼地方也不知道，路也不熟，要準備整理行李了，明天告訴阿爸阿母要去台北……。真累，今天早點睡，不想洗澡了，只想睡覺、睡覺、睡覺……。

（阿母正在廚房弄早餐，煮稀飯，炒幾道菜，拿出冰箱裡的花瓜、紅燒鰻、豆腐乳、菜心罐頭，放在餐桌上，就是一餐營養豐盛的早餐）。

　　　　　　　　　　　假如・我是一個月亮

阿母，早……。

阿莉這麼早起床，怎麼不多睡一點。

昨天比較早睡（阿莉邊說著邊把菜放在餐桌上），早餐弄好了，去叫妳阿爸起床吃早餐。

好，阿母。

阿爸，起床吃早餐囉。

好，阿莉，阿爸刷完牙就過來。

今天早餐吃什麼？有紅燒鰻、花瓜、豆腐乳，都是我愛吃的罐頭，這個配稀飯來吃最好吃。

阿母炒的高麗菜也很好吃。

這幾天高麗菜漲價了，這一顆就要一五○元。

婆婆媽媽買菜還要用搶的。

（阿莉、阿爸聽著）

對呀，我們果農與菜農一樣，都是靠天氣吃飯，天氣

一有變化，天災人禍就會造成收成不好，價格低，收入就會賺不到多少錢了，阿莉你知道我們蕉農最高興什麼嗎？

是什麼？阿爸。

就是我們種植的香蕉能夠外銷出去，讓外國人吃我們屏東種植的香蕉，有了外銷，蕉農收入也會增加很多，希望下一次的收成，香蕉能夠外銷出去，這需要政府大力支持才有辦法外銷出去，小老百姓只能期待政府有作為，能夠多照顧關心農民。

（阿爸透早就說這麼沈重的話題）

吃吃吃，這些菜都要全部吃完，罐頭的除外。吃飽一點，等一下你還要去果園。

阿莉，也多吃一點，妳還在長身體。

阿母啊！也不能吃太飽。會變成小胖妹，要減肥了。

　　　　　　　　　　　　　假如・我是一個月亮

（到了晚餐時間，全家人吃著飯）

阿爸、阿母，我打算後天要去台北了。

這麼快就要去台北，都準備好了嗎？

我昨天有打電話給阿美，她會來台北車站接我，我打算後天就要去台北。今天就要開始準備行李。

去台北找到工作就要好好做，還好台北還有阿美在，可以幫忙，有沒有需要帶什麼去台北的？

不用帶，我的行李很簡單。

一到台北要住什麼地方？會先去住阿美家，阿美會陪我去找住的地方，等住的地方安頓好了，再開始找工作，阿爸阿母放心，我會照顧自己的，不用太擔心。

阿莉都長大了，沒關係，要放心，孩子在台北會過的很好的，後天就要去台北了，明天晚上我們一家人在家裡吃一頓豐富溫馨的歡送晚餐，預祝我們家女兒阿莉，早日

在台北順利工作，早點回家。

　　不止這些，還要找到合適的男朋友（阿母補上一句）。好，我明天一早就去菜市場買菜，煮一桌好料的。月娥，明早我陪妳一起去，好，金木啊，我也要去，阿莉妳不用去，睡飽一點，明天妳是主角……。

（一大早阿母坐上了阿爸的貨車，去了早市採買晚上要家庭聚餐的菜）

　　買這個草蝦，阿莉喜歡吃這個，還有這個柳葉魚，對了！還有那攤的烤雞，阿莉喜歡吃這個。

　　我以為只有我懂阿莉，沒想到金木你也了解，我們家女兒最喜歡吃海鮮。

　　當然，了解女兒的喜好，因為我也喜歡吃海鮮，所以女兒遺傳了我……，也要多吃菜，飲食營養才能均衡，對，

　　　　　　　　　　　　　假如・我是一個月亮

也買一些蔬菜，波菜、花椰菜、豆腐都不錯，有營養，阿莉愛吃的都買，湯就煮冬瓜排骨湯好了……。

（帶著一車豐盛的菜回到家裡，一袋一袋的菜分門別類般的排列整著，正在房內整理衣物的阿莉，聽到廚房裡的聲音，知道是阿母回來了）

阿母妳回來了，買了什麼菜？我與阿爸挑了一些妳最喜歡吃的菜，我想應該是蝦子和烤雞吧！沒錯，有這二個菜，還是阿母了解我，我來幫忙洗菜、切菜。也好，先把這些菜先洗一洗，再來切菜，菠菜、花椰菜……。

（停好車的阿爸，在客廳休息泡茶看電視）

先把冰箱內的蘋果，切一切給妳爸吃，好（切好水果的阿莉來到客廳）。阿爸吃蘋果，好，吃蘋果。妳行李都準備好了？正在準備還沒弄好，等一下吃完晚餐再來整理，我先去廚房幫阿母弄晚餐。好，妳去幫阿母……。

阿莉盤子給我，蝦子已經熟了，妳弄好調味料就可以端去飯桌，這個烤雞我來切。妳想切喔？好，妳來切，我來煮冬瓜排骨湯，再炒菠菜、花椰菜，再弄個紅燒豆腐，就可以了（不一會功夫，香噴噴的晚餐就好了）。

　　阿爸菜好了，來吃飯了，阿母，先來吃飯，廚房打掃我等一下再來弄，好，先呷飽……。

（阿莉乖巧的盛著米飯給阿爸阿母，阿母挾著一隻蝦放在阿莉碗裡，阿爸挾著一隻又肥又大的烤雞腿給阿莉，因為阿爸知道阿莉從小就最喜歡吃雞腿，阿莉吃著雞腿看著阿母阿爸）

　　多謝阿爸阿母，真好吃。

（阿爸去冰箱拿了一瓶啤酒）

　　來，我們三人慶祝一下，慶祝阿莉明天要去台北了。在台北如果吃不習慣，就告訴阿母，阿母叫宅急便送我煮

　　　　　　　　　　　　假如・我是一個月亮

的菜過去。

哈哈……阿母，我如果想吃阿母的菜，我再回來家裡吃。

來，阿莉，阿爸敬妳，如果在台北不順利，就回家，阿爸養妳（眼眶泛淚的阿莉看著阿爸……）多謝阿爸，我知道了，阿爸，我敬你，阿母，我敬妳，吃菜，吃菜。

明天是幾點的火車到台北，明天是早上七點半的火車出發去台北，好，我明天開車送妳去車站，我也一起去。

阿爸阿母，你們不多睡一點，我自己去車站就好。

我們送妳去好了，來，大家乾杯，祝我們家女兒去台北一切順利。阿莉多吃一點，吃蝦子……。

（吃完晚餐，阿母在廚房把沒吃完的菜，用保鮮膜一道一道的放入冰箱，阿莉也開始打包行李。這時阿爸進來了房

間）

　　阿莉，在台北工作就要認真，與同事共事要好好相處，不要與人結怨、吵架，遇到事情能忍就要忍，不是我們的東西不要強求，盡自己的本分做好每一件事。公司付薪水員工就要好好工作，為公司做事情，上班不要遲到，工作守時非常重要，與客戶的開會，也千萬別遲到，如果妳遲到，客戶會不會因為妳遲到而覺得這個人做事不牢靠，最基本的都做不到，如果不合作公司就會損失了。

　　阿爸，我知道，我上班不會遲到的。

（阿爸，摘下手上的錶，送給阿莉）

　　來，阿莉，這支手錶送給妳。

　　阿爸你留著戴（阿莉看著阿爸手上的錶）。

　　阿莉，阿爸送妳這隻手錶是有意義的。戴著阿爸這隻手錶，去迎接接下來老天爺給妳的挫折與考驗，雖然阿爸

不在妳的身邊，但是妳戴著阿爸的手錶，就會感覺阿爸就在你身旁（早已哭的淚流滿面，一把鼻涕一把淚的阿莉，抱著阿爸，這時的阿莉就像是六歲小女孩般撒嬌著）

多謝阿爸，這隻手錶我會戴在手上，也警惕自己上班不要遲到，要守時。

對，要守時。

明天七點半的火車對吧！

對的，阿爸，好，妳早一點睡。

明天早上六點在門口集合。

好，阿爸，早點睡……。

（到了早上六點，阿莉拖著行李走出家門口。阿爸阿母已在門口等）

阿莉，我準備了早餐，都放在這個袋子裡，到了車站

上了火車，找到座位

再吃早餐。

走，上車，出發去車站，阿莉。

（阿爸專心開著車，阿母在車上持續交待著事情。到了車

站）

阿莉，到達台北，就打電話回來報平安。

我知道，我一到就會告訴阿母。

有什麼代誌，就打電話來給阿爸……

阿爸，我知道……。

（廣播催促旅客快上車的聲音已響起）

往台北的火車即將開了，請旅客盡速上車。

阿爸阿母，我上車了，你們保重身體，我到台北再打

電話報平安，好啦！阿莉，再見！再見！

（火車從緩慢中開始急速行駛，這短短的幾秒鐘，望著父

母親慈祥期待的臉龐，烙印在阿莉的腦海中，拿出阿母準備的早餐袋子，吃著阿母準備的飯糰及豆漿，看著窗外風景。

火車快速行駛，窗外的風景，只停留幾秒鐘在眼裡，翻開早餐袋，發現一個白信封，一打開信封，發現是一個紅包，紅包的字寫著……)

在台北要好好照顧自己，阿母留。

（手上握著紅包袋久久不能自己，眼睛不聽使喚的落下眼淚……阿莉心中期許自己）

來台北一定要好好打拚，不要讓父母擔心。

（吃著飯糰，流著眼淚，看著紅包，阿莉這樣告訴自己……)

（在睡夢中，被廣播聲音叫醒，下一站台北……請車上的

旅客，帶著隨身的行李準備下車）

　　哈哈，我夢想中的台北總算要到了，先打手機給阿美，告訴她，我快到台北了。喂！阿美啊！我快到台北啦！

　　阿莉，我老早就在台北車站等妳啦！

　　好的阿美，阿美等一下，我問一下火車上的服務人員，還要多久會到達台北。你好，請問一下，大約還要多久，才會到台北車站（服務員看了一下錶），大約三十分鐘左右會到，知道了謝謝！阿美，還要三十分鐘！妳要再等一下，好，阿莉，等妳，拜拜。

（火車快速的行駛著，這三十分鐘的時刻，彷彿是三小時一樣的漫長，阿莉看著阿爸送的手錶，看著秒針，心中默念倒數著，快點到達台北……看著窗外密密麻麻的房子，路上一輛輛騎著飛快的機車，看起來天空沒什麼晴空萬里，一路上的行人每個人都像趕著上班打卡怕遲到似的，

大步走著。台北到了！火車慢慢進站了……)

小姐需要幫忙嗎？（阿莉看著眼前的這一位大叔）

謝謝大叔，我非常需要，手太短腳太矮，拿不到行李。

謝謝大叔幫忙！不客氣！

（阿莉心裡想著）

是誰說台北人自私沒有人情味的，一來台北，就碰到
這位善心人士，他是台北人嗎？還是與我一樣，都來自鄉
下地方，只是來台北玩，唉！想太多了。

（阿莉隨著人群走到出口）

阿莉！阿莉！（阿美在出口處大聲揮手喊叫著，拖著
行李背著背包的阿莉，看到了阿美，開心快樂的揮著手示
意，旅客依序排隊拿著車票等著出去。阿莉與阿美相會了，
阿美、阿莉一個熱情的擁抱）

歡迎來台北。阿美，這是我老公阿忠！

阿忠，有沒有欺侮我們家阿美。

阿莉，誰敢欺侮啊！我家都是她做主，她是一家之主，我是一家之煮，煮菜的煮。

（阿美一個眼神，老公自動自發的幫忙阿莉拿起了背包，拖著行李，跟在阿美、阿莉的身後……像個保鑣似的）

走，阿莉，先到我家，晚上我與我老公已準備幫妳接風了，介紹妳我們台北的朋友，好好的大吃一頓。

太好了，這個好，謝謝阿美、阿忠。

自己人客氣什麼，坐好，出發了，到我家。

（坐在車內看著車窗外，好開心來到了台北，想到那一夜，全家族人為了我要來台北的事，還用投票決定。來台北是對的）

阿美，這裡是西門町，年輕人最喜歡來的地方，學生

最多。看電影、滑溜冰、買衣服，這裡都有，周六、日人最多。

這一條是中山北路，接下來是羅斯福路，這裡有一個商圈叫做公館，旁邊是大學，也有東南亞戲院，公館商圈有一間很有名的平價路邊攤牛排，改天帶妳來，便宜又好吃，很多人排隊的，還有珍珠奶茶，我們家快到了。

哇，好多人闖紅燈，好危險，在鄉下地方，人少車少，紅綠燈也少（阿莉看著斑馬線上有一個盲人拿著導盲仗在走著，阿莉看見後，打開車門下車跑去幫忙牽著盲人過馬路，綠燈亮，阿忠的車開到路旁等著阿莉），阿莉就是這麼好心，高中就這樣了，一點也沒有變，還是這麼愛幫助人。

舉手之勞而已，走吧，上車，回我家，好，走。

到了，阿莉，我們到家了，這裡環境還不錯，旁邊就是河堤，早上可以來這晨跑，做運動，這裡靠近山區，木柵動物園就在旁邊，附近還有深坑老街，改天帶妳去。阿忠先把阿莉的行李放進來，來，阿莉，帶妳參觀我們家，我家就是妳家，這是客廳，這是廁所，這是我與阿忠的房間，來，阿莉（阿美打開門，房間鋪上新的床單被套，阿美握住阿莉的手），阿莉，我們是最好的朋友，妳我不要客氣，我家就是妳家，阿美，非常謝謝妳，真是我最好的閨蜜，阿莉抱住阿美……（阿忠把行李放進房間）。

　　對，阿美，把這當自己家別客氣。老婆別忘了，晚上我有安排要與我公司同事一起聚餐，要帶阿莉一起去，喔！對哦！阿莉妳先整理一下行李，可以先洗個澡，休息一下。等一下我們外出去吃晚餐，介紹一些蠻不錯的男士給妳認識。這麼快就要相親了？伯母有交待，在台北要好

好照顧妳，我一定會介紹好的男生，不抽菸、不打牌、不喝酒、不花心、脾氣要好、會疼另一半的。這種條件的男人，在台北很難找，找看看，這些條件還是要用心交往後才會知道，男生都很愛裝的。

（出發去景美夜市海鮮店聚餐）

　　這個夜市人真多，有吃貨最喜歡的夜市十大美食，真的有那麼好吃喔！非常便宜好吃受歡迎，台北市最有名的銅板美食，有豬血糕、甜不辣、蚵仔煎、米粉湯、肉圓、豆花、鐵板牛排、烤香腸、四神湯、紅豆餅，這是吃貨們票選出來的，只要一人二百元就可以吃很飽了。

（三人走在人潮擁擠的夜市中）

　　到了，就是這家金好佳海鮮店，這家店的特色就是一盤一百元。老闆，我們大約有十位會過來消費。歡迎光臨，

有十位來，請到樓上有包廂（服務員帶位來到二樓包廂），請坐，需要點菜可到一樓點菜區點，我們的海鮮都是新鮮的，都是活的，是從澎湖送過來的，保證不是人工飼養的。老婆妳與阿莉先坐著休息，我先下樓去點菜。老公，記得點我喜歡吃的菜，當然，遵命老婆大人……

阿美，妳真是嫁到一位好老公，體貼聽老婆的話，台北男人都是這樣嗎？那可不一定，這可是萬中挑一，這年頭會尊重我們女生的男人越來越少了。

（阿忠在一樓點菜區忙著點菜）

老闆，十隻花蟹用蛋下去炒、一盤草蝦用水煮的、二隻龍蝦用三吃的、一盤海瓜子炒的、一盤生魚片、三杯中卷要放九層塔炒才會香、十隻烤香魚，不要放任何調味料，上面抹一層鹽巴就好、一盤高麗菜、一盤地瓜葉，先來二十瓶青島啤酒。你真會點菜，一看就是很懂吃，是啊！愛

吃懂吃，台北哪裡有好吃又新鮮的海鮮店，我就會呼朋引伴去光顧。像老闆這間店，就是不錯的店，魚看起來生猛有活力，一撈起蝦子，每一隻活蹦亂跳的，老闆看起來就是很會做菜的大廚師，等一下我們都會打卡宣傳這家店。感謝來我店裡吃新鮮海鮮，這二十瓶青島啤酒，我請客不用錢，再送一盤紅燒豆腐及什錦水果盤。多謝老闆。等一下菜就來了，請到二樓坐。

（阿忠把菜都點好了）

老婆都點好了。你點了什麼？點了花蟹、蝦子、生魚片、中卷、很多海鮮，老闆還送我們二十瓶啤酒，以及紅燒豆腐，加水果，不用錢，老闆人真好。是我的嘴巴甜，稱讚這家店，老闆就送了一盤菜，也不加收服務費。老公真厲害，這個老闆真是阿沙力，豪爽，做生意就應該這樣，客人才會常來。

（阿忠的同事們陸續到達）

　　我給你們介紹一下，這位是我老婆的好朋友叫做張莉莉。今天剛到台北，是屏東人。

　　大家好，我叫阿莉……

（阿忠逐一介紹公司同事，小王、小林、小張，阿美貼近阿莉耳朵旁，小聲說）我老公是旅行社導遊，這三位男士是公司碩果僅存的單身漢，阿莉等一下如果有覺得不錯的再偷偷告訴我，我知道了，阿美。

　　來！大家舉杯，大家敬新朋友阿莉來台北展開新生活。

　　小王、小林、小張，這位阿莉小姐還沒有男朋友喔！

（小王、小林、小張三人不約而同全體起立要敬莉莉）先坐下別急，第一杯由我阿忠先來敬，祝大家身體健康，祝阿莉在台北找到好工作，放心把工作的事交給我與阿美，

我們會幫忙的，來，大家乾啊！吃菜吃菜……。

（小王拿起蝦，剝蝦子到阿莉的碗裡，嘴裡叨著菸，露出黑黑的指甲。小林拿起花蟹，剝開殼露出滿滿的蟹膏，口中嚼著檳榔。小張自嗨式的喝著啤酒，一杯接一杯，不忘給阿莉一直灌酒）

謝謝，我吃，我喝，來，乾杯。

阿美、阿忠，謝謝照顧，一切盡在不言中……

（酒過三巡，小張醉了，碰上酒量好的阿莉，哪能不醉，在屏東鄉下都與原住民拼酒的阿莉，喝酒怎麼會輸台北人）

（用香菸手、檳榔口弄的海鮮，阿莉一口也不敢吃，只吃自己剝的蝦及花蟹，還有聊不到幾句話，喝不到二瓶啤酒已醉的，胡言亂語，自不量力的酒量的小張）

阿美，今晚最清醒的應該是我們姊妹倆了，我們喝一杯，來。阿莉，乾，我喝茶就好，等一下我開車，開車不

喝酒，喝酒不開車。多吃一點海鮮，對我們女生幫助很大（阿忠忙著招呼同事，也不忘夾菜給老婆吃），老婆，這一碗龍蝦湯要喝，是大補，謝謝老公，親一個。

（吃飽喝足，阿忠一一安排同事離開）

老公我們回家，車子我開，今天我沒有喝酒，都是喝茶。

阿美走，老闆算帳，吃不完的全部打包帶走，阿莉拿起塑膠袋，打包著一隻隻的蟹及蝦……。啤酒倒是一支不剩。

（車開到回家的路上，經過景美橋，有臨檢）

還好我今天沒有喝酒，台北人就是愛喝酒，警察臨檢酒駕是對的，常常看電視又有誰酒駕撞死人，三天二頭都是酒駕。小姐，開車有沒有喝酒？沒有喝，警察先生。

慢慢開注意安全，謝謝警察先生。

吼，台北警察真是有禮貌，是的，素質很高的，希望天天晚上警察臨檢查酒駕抓壞人，看治安會不會好一點。

　　老公我們到家了，慢慢走，謝謝老婆，我有一點喝醉了，我知道，我在的場合可以喝醉，我不在身旁不可喝醉，知道嗎？為什麼？老婆？因為你喝醉了，誰照顧你……。

　　老婆真疼我。好重喔！老公，你該減肥了，阿莉幫忙扶一下，好，兩人好不容易抬上床，睡吧！阿莉打包的海鮮可以放進冰箱，好累喔！我先睡了，明天早上再聊，好，晚安阿美。

　　看著阿爸送的手錶，天啊，十一點半了，這麼晚了，在鄉下早就睡了，睡覺、睡覺……我也坐了一天車，好累。（倒在床上的阿莉，累得連刷牙都忘了）

（阿莉仍然是處在鄉下早起的生理時鐘，不到六點就起床

了。看著窗外一早打掃街道的清潔人員，背著沈重書包的學生排隊擠公車，一路上的機車族，隨著太陽公公的露臉，車子越來越多，這是台北人的每天生活現狀，我要趕快習慣台北人的步調）

我來做早餐好了，昨晚那麼多海鮮沒吃完，早上吃海鮮稀飯不錯（進了廚房，打開冰箱，拿出蝦子及花蟹料理起來，這道菜很簡單，把蝦子剝殼剩蝦肉，花蟹切塊狀，放一些米下去熬，放水，放一些蔥、薑，不要放味精及鹽，海鮮要吃原味最好吃及營養）。

還好，阿母有教過，不然在台北都不會做菜了……。

（阿美聞到香味，來到廚房）

阿莉啊，妳怎麼在做早餐。剛好，我全部做完了，我弄了海鮮稀飯，一大早吃這麼補，我去叫阿忠下來吃早餐。起床起床，老公，下樓吃海鮮粥，海鮮不是昨晚全吃完了

嗎？昨天你們這幾個大老爺們，拚酒拚到都短暫失憶了，一堆海鮮根本吃不完，全帶回來了。我們家大概可以吃個三天，不錯不錯，下樓吃早餐。好的，親愛的老婆。

來。阿忠、阿美，一人一碗，香噴噴又高鋅的食物，大補。哇！真好吃，好燙，老公，吃慢一點（阿美與阿忠兩人的親密狀，讓阿莉羨慕不已，恨不得現在就有老公）。

阿莉，我下午帶妳去面試一家我朋友開的自助餐，我看妳的炒菜身手，可以去自助餐工作當廚師。這麼快就幫我找到工作了，妳先去看環境適不適合，就在附近，走路十分鐘就到了，下午過去看看，好的阿美，謝謝。

老婆，我等一下吃完早餐就去公司上班，最近我們旅行社接了企業旅行團，這兩天會比較忙，辛苦了，老公……。我下午帶阿莉去面試工作，我們晚餐再聊。阿莉走，帶妳去住家附近走走，了解這裡買東西在什麼地方（兩人

散步似的走在景美巷弄）。這裡是早市，附近的家庭主婦都是來這買菜（走著走著，阿美看見鑰匙店），

老闆，打一支鑰匙。

阿莉，這支家裡鑰匙給妳，妳出入比較方便。老闆多少錢，一百元。

台北物價真是貴，阿莉，生活不就是這樣嗎？柴米油鹽醬醋茶，以後妳結婚妳就知道了。住這裡下去有一個河堤是景美溪，這裡很多人早上在這做早操、運動騎腳踏車，以後妳早上想來可以找我一起。

我們走回去吧，好，阿美。

（兩人回到家裡，阿美開始家庭主婦的日常生活，洗衣服、拖地、澆花、縫衣服、燙衣服，當家庭主婦也是很辛苦的，要把一個家給照顧好也是不容易的）

中午想吃什麼？我來做，我來做好吃的乾拌麵，冰箱

不是還有蝦子，不錯喔，鮮蝦乾拌麵。我先去洗衣服，妳可以開始做了，吃完後，我們去自助餐店。

（洗完衣服，來到廚房的阿美，看著阿莉俐落的切刀技術）妳真會煮吃的。這都是阿母教的，在鄉下不是阿母煮就是我煮，簡單的家常菜還可以，料理海鮮是最簡單的。

可以起鍋了，碗給我，中午吃鮮蝦麵，好大的草蝦，放一些辣椒醬拌著吃更棒，真好吃（阿美從冰箱拿出二罐可樂），來喝可樂，配麵條。

阿美妳老公去上班後，妳就在家，對啊！當個稱職的家庭主婦，妳來啦，我就有伴了，前幾天去吃海鮮的小王、小林、小張，妳有喜歡那一個嗎？沒有吔，沒什麼感覺，下次再找阿忠安排，好啊！

快吃，麵要糊了，吃完要去店裡，走吧！碗回來再洗，我先去換個衣服，面試要穿正式一點，快一點。

（看了阿莉的打扮，阿美忍不住笑了）妳穿一套連身套裝，腳踩高跟鞋，又畫了口紅還是大紅色的，濃妝艷抹，感覺妳是要去面試董事長的秘書……需要再換嗎？沒關係，就穿這一身去面試好了，我想自助餐的人看到妳，應該會多點很多小菜。

郝哥，阿美，這是我好閨蜜阿莉。老闆好。你店裡不是需要人手嗎？我派美女來店裡坐鎮，她根本就是個模特兒，這身穿著，真是美女一個，可以來店裡上班。店裡職缺一個是進廚房炒菜，中午與晚上吃飯時間最忙，中午與晚上的菜色分別大約是維持四十道左右，另外一個是收銀員，工作不同，薪水也不同，會比較少一點，午晚餐吃公司，你會炒菜嗎？我會，啊！還是進廚房炒菜，我想薪水不是問題，我來當收銀員好了。行，老闆什麼時候開始上

班，明天就來上班，早上十點上班，晚上八點下班，薪水三萬，好，郝老闆，謝謝，我還要謝妳阿美，介紹一位美女來店裡上班，看來我的自助餐廳明天開始要火起來了。

阿莉，我們回家，謝謝老闆，再見。

（二人回到家）

阿美，謝謝，幫我找到工作。不客氣阿莉，自己姊妹說什麼客氣話，這位郝哥是我在吃貨群組裡認識的，人還不錯，我們這個群全部都是愛吃鬼，什麼地方有好吃的，就往那裡去吃，一個月聚會一次。看郝哥的身材就知道他是群裡最愛吃的，圓圓的大肚子，再加上大大的頭及大耳朵，就像西遊記裡的豬八戒……，不可以這樣說我老闆，妳這個阿莉，已經開始護起老闆了，他明天才是妳老闆，哈哈（兩人玩鬧起來，就像是回到高中時期一般）。

阿莉明天要上班，妳知道怎麼走吧！就在附近走十分鐘左右就到了，台北小巷子多，別迷路。我已經會走了，知道了，明天去上班穿輕便一點，休閒服裝及平底鞋比較好，不要再穿套裝高跟鞋，不合適在自助餐店，我知道，這一身打扮是面試用的，明天隨便穿。

　　（阿莉一早九點半就從家門口走路到自助餐店，展開第一天的工作，看著手錶，想著阿爸告誡的話，吃人的頭路，最重要的就是不要上班遲到，要守時，在社會上工作，守時守信都很重要）

　　（一臉素顏，身穿白襯衫與牛仔褲、球鞋的阿莉，來到自助餐店，一進店裡，看見郝哥）

　　老闆早（郝哥看了一眼，便低頭看帳目本），這位小姐妳如果是要來應徵工作的，我們已經找到收銀員了，只

　　　　　　　　　　　　　　假如・我是一個月亮

剩廚房炒菜的工作……。

　　老闆、郝哥，我是昨天阿美的同學阿莉，我今天來上班報到！喔！原來是阿莉，看妳一身大學生打扮又素顏，與昨天的阿莉根本就是二個人，認不出來，由此可見妳的易容術，啊！不是不是……化粧術一定非常好（阿莉一臉傻笑著）。

　　上班穿簡便一點比較好做事。好，我先來帶妳熟悉工作環境，了解菜的收費，這是廚房，廚師們已經開始在炒菜了，這是大廚阿來師父。郝哥早，這是新來的，叫阿莉，阿來師父好（忙著炒菜點頭招呼，繼續忙著出菜，十一點半就會出菜，客人也會陸續進來，也會有外賣，都外送到店裡附近），這是便當外送員阿達，負責送便當，有時忙不過來，我也會去送外賣。妳的工作是收銀員、接電話，這妳位子，這是帳本，記錄著收入與支出，來，看一下，

抽屜裡有零錢，有時很多客人拿一張一千元消費，只吃七、八十元，零錢會不夠用，如果真的不夠用，可以去旁邊的超商換一下，都是鄰居店家，都相識的。知道了，老闆，好開始上班，不用打卡嗎？不用。去忙吧！（阿莉坐在位子上，仔細看著店裡帳本後，自動自發地，邊打掃邊拖著店裡的地，進廚房把炒好的菜放在置菜盤上）。

（到了中午十一點三十分，第一通電話響了）

　　喂，老闆，我要訂二十個雞腿便當，送到景平路一○○號一樓真香花店。好的，一個雞腿便當八十元，二十個一千六百元，便當送到再付錢。

（便當要馬上送過去，阿莉與阿達一起包著二十個便當）

（阿莉與阿達包完便當後，想起剛剛的訂單地址，忘了寫出貨店及留電話，只憑印象是景興路一○○號一樓真香花店，便告知阿達送去該地點。殊不知，正確地址是中和景

平路，並不是景美的景興路，過了一個橋就是中和，非常
近。到了接近十二點，自助餐店人越來越多，阿莉忙著結
帳，廚房忙著炒菜，郝哥忙著夾菜給客人，每個員工各司
其職）

（騎機車送便當到景興路一〇〇號的阿達到了這裡，發現
不是花店，是一家瓦斯行，進去就問）

　　請問有人訂二十個雞腿便當嗎？沒有人訂？

（同一時間在店裡的阿莉，接到訂雞腿便當的客人催促電
話）

　　小姐，叫二十個便當怎麼這麼久還沒到？已經送出去
了，應該快到了！（十分鐘後又打來，生氣地說叫你們老
闆郝哥來聽電話）嗯，郝哥，阿平喔，對，我叫二十個雞
腿便當到現在還沒到，等好久，你們送餐有點慢，退步了。
對不起、不好意思，馬上到（話畢，詢問阿莉，地址是什

麼？）阿莉說景興路一〇〇號，不對，阿平的店是中和景平路，妳一定搞錯地址了（這時阿達來電話，店裡的電話一直打不進來，打你們的手機也沒接，急死人了，地址錯了，郝哥拿起電話告訴阿達）送去中和景平路阿平老闆那裡（阿達便火速從景美景興路送去中和景平路。郝哥耐住脾氣，畢竟店裡客人很多，不好罵人，時間到了快接近一點半，店裡的人也陸續吃飽離開去上班）。

（送便當的阿達回到店裡，開始發飆，對著阿莉罵）妳報個什麼地址，景平路景興路傻傻分不清嗎？一個在中和，一個在景美，害我一路狂飆，差一點出車禍，真是他××（想罵髒話的阿達被郝哥制止，被罵的阿莉止住眼眶的淚水不讓落下，一直低頭道歉，記錯地址，畢竟自己是阿美介紹來的，不能丟人，郝哥也打圓場）沒關係，第一天上班，總會出錯的，阿莉妳接到訂單有寫出貨單嗎？沒有

……所以呢？就是因為妳沒有寫出貨單，才會忘記，客人很多，一忙起來就會忘記的，下次記得要填單子（阿達向阿莉道歉，年輕人火氣大，還想用髒話罵人，是我的錯），阿達對不起，阿莉姐，我一時火大請見諒，好了，大家去忙吧！

（阿莉拿起抹布開始主動打掃店裡衛生、清理保麗龍盤碗，倒客人剩下的菜進廚餘桶，忙完後店裡員工稍作休息，到了四點，廚房又開始忙了，洗菜、切菜、炒菜，到了五點半外送電話又來了，六點客人又來了，八點下班，就這樣做了二十天……）

（一天的中午一點半忙完了，大家準備休息，這時接到了一通訂便當的電話）

　　我這裡是羅斯福路五段的小范髮廊，訂一個排骨便

當。先生，我們要三個便當才能外送。我只有一個人吃不了三個，我訂二個好了，可以送嗎？我忙得沒有辦法外出買便當，麻煩幫忙一下，送一下便當（看著店內中午沒賣完的排骨，剛好剩下二塊，阿莉答應了外送二個便當，寫下了出貨單，看見阿達打呼的睡著，累壞了，包完菜，阿莉騎上店裡的外送腳踏車送餐去，剛好很近在旁邊的路口巷子內而已。怎麼這麼多老人在排隊，一路排到小范髮廊，就是這裡了，正忙著剪髮的范建民看著送便當的阿莉）多少錢給妳，一百六十元兩個排骨飯，抽屜裡錢自己拿。（阿莉好奇的問）你的店生意這麼好，怎麼店裡只有你一個人？今天是店裡一個月一次的愛心義剪，只要在這社區的老人六十五歲以上，剪髮不用錢。

你真是有愛心，一個人怎麼做，又要洗頭又要剪髮，難怪沒法外出買便當。因為請不到人，來的人喊累，做沒

幾天就不做了。妳叫什麼名字，我叫阿莉，我叫小范，這
是我剛開的美髮店，謝謝妳阿莉，幫忙送便當，有空過來
剪頭髮。好，我先走了。

（阿莉騎車回到店裡，心想這位美髮哥真有愛心，不多見，
很少有這種人，不要錢做公益，剪髮一天不就少賺很多錢）

（之後三天二頭到了二點，小范都會來電請阿莉送二個排
骨便當，送著送著兩個人也漸漸認識了，晚上下班回家，
阿美與阿莉聊著自助餐工作的情形，做了快一個月了，明
天就滿一個月）

　　阿美，明天我領薪水，我請妳和阿忠去外面吃飯。不
要浪費錢，阿莉，我們自己人不用你請。不行，我的工作
是妳介紹的，不然包紅包給妳。阿莉，姊妹倆說這幹嘛，
太見外了。又住妳家，工作又是妳找的，又在妳家白吃白
喝，住個三五天就算，我這一住一個月了，又不給請客，

又不收紅包，我越住越不好意思。放心住，我與老公都非常歡迎妳一直住下去，當一家人，真是我的好姊妹。阿美，阿忠什麼時候回來，我煮乾拌麵給妳們吃好了。他帶團去北京了，去七天六夜，聽說北京很好玩，什麼王府井、後海、西單……很多遊客都會去，還有萬里長城，一定要去，還有一個地方是賣石頭玉石項鍊古玩的地方叫潘家園。妳去過北京？我沒去過！那妳怎麼好像很熟的樣子，我看北京旅遊書的，喔！以後我們組高中同學會去北京玩，這個提議不錯。肚子餓了，煮麵來吃好了，我來煮，妳的麵真是好吃，我也覺得自己煮的麵，真是太好吃啦！

（兩人有說有笑吃著麵聊著）

　　上一次的相親失敗，等阿忠回來，再來安排一場。

　　阿美，我最近認識了一個男的，感覺還不錯。

　　有男友了？這麼快，誰介紹的？

沒有啦！哪有男友？才剛認識而已，還不是太熟。

　　只是覺得這個男的還不錯，很有愛心，每個月的其中一天，定為愛心日，讓六十五歲以上的老人去他店裡剪頭髮，不用錢，現在的社會還有這種人，不收錢。大約幾歲？二十多歲吧！還沒問，怎麼認識的，在自助餐送便當認識的，送便當，妳不是會計嗎？還要送便當，這個郝哥一人當二人用喔，我打電話問他！沒有啦！阿美，送便當是我私下送的，小范有時忙得沒空買便當，只買一個便當，全台北市的自助餐店誰要送？送著送著就認識了，他後天周日晚上要請我看電影，妳答應了，我說好啊！已經約好了，八點半公館東南亞戲院看電影。他是台北人還是南部人？還不知道，下次問他好了。阿莉要先觀察一下，台北男人有的很會甜言蜜語哄女生，騙財騙色的也有。我知道，我會很小心的，不會這麼快讓男生得逞，老娘也不是省油的

燈，當我是吃素的，初一十五才吃素。

哈哈哈……阿莉，妳是不是電視劇看太多了。

好想阿爸阿母了，我來打電話（鈴鈴……）

鈴……喂，阿母，阿莉喔，阿母，我在台北上班，已經上一個月了，工作是阿美介紹的。怎麼現在才說，怕阿母擔心，我也怕自己做個二三天又不做，明天剛滿一個月，我現在住在阿美家。

阿美人真好，照顧阿莉，她在嗎？阿母跟她說話，喂！媽媽好，阿美啊，真多謝，照顧阿莉，工作又是妳找的，感恩啊！

什麼時候與阿莉回來屏東家裡，我與爸爸再好好謝謝妳。

媽媽啊！別客氣，我與阿莉是好閨蜜，她的事就是我的事，好的，看阿莉什麼時候放假，我與她回去看阿伯和

阿母。等我放假帶阿美回家，阿母記得要幫我餵小黑，好，我知道，再見阿母，注意身體。

（到了周日晚上八點三十分，阿莉一身精心打扮，故意素顏不化粧，穿著也是休閒衣服，不刻意裝扮自己，走到戲院門口就已經看見小范拿著二張電影票在等著）

　　小范老闆很準時。當然，怎麼可以讓美女等男人呢？電影是九點的，我們買一些小吃進去吃，走，我帶妳去買，看要吃什麼？對了，不要叫我小范老闆，叫我建民就好。叫「賤」民？不會很怪嗎？不會，好吧！看妳的表情是不是把建當成貝戈戈了，你怎麼知道。看妳懷疑奇怪的表情我就知道了，帶妳去買鹽酥雞。老闆買二百元鹽酥雞，加一點辣，阿莉妳吃辣嗎？可以吃辣，我去買珍珠奶茶及豬血糕，妳在這等我一下，好，你去買（不一會兒，建民買

了一堆吃的回來），老闆給你錢，二百元，小姐付過了，

妳付過了，二百元給妳，不用了，我付就好，怎麼能讓女

生付錢？不行不行！女生付有什麼關係，男女平等，給妳

給妳，不要不要，你請我看電影，我請妳吃鹽酥雞（看不

下去的老闆說著），你們這對情侶，看電影快來不及了，

不是看九點的嗎？（兩人有默契的一同說）你怎麼知道，

我在這賣了十幾年了，這家戲院的場次我都很清楚，我家

的鹽酥雞在公館夜市是最好吃的，夠香夠棒，你們吃了還

想再吃，你們趕快趁熱吃，下次記得再來光顧。

（阿莉看著手上的錶八點五十八分了，手上一堆吃的建民）

快！阿莉，我們快進去，不然要摸黑找位子了（兩人氣喘

呼呼的大包小包，到了入口處，很多人來看《豆豆秀》，

找到了座位坐了下來，這個位置不錯正中間，來吃鹽酥雞、

喝黑糖珍珠奶茶，還買了豆干、海帶、雞翅、豬肉乾、鴨

舌頭、豬血糕、爆米花，這麼多，還有爆米花，看電影沒有爆米花，感覺不像看電影。暗場，一片漆黑，電影開始了）好辣的雞，還好有我喜歡喝的黑糖奶（阿莉辣得舌頭直呼氣，專心吃著豬血糕看著電影的建民，沒有察覺阿莉的不適，一口接一口不停的吃著，阿莉用黑糖奶漱口，漸漸緩解舌頭上的辣味，賣雞的老闆真是辣得夠味，都辣出淚來了，看著阿莉在哭），看喜劇片也會哭喔？我是辣到哭出來，太辣了！來吃這包有豆干、海帶，不辣的，好！（就這樣兩人第一次的約會，是在電影院吃著滷味小吃辣的猛流淚，猛吸著黑糖珍奶到一顆不剩，也不太能解辣，看了一晚的電影也不知道在演什麼電影的情況下，草草結束）。

我送妳回去，我有開車（已經辣到不行的肚子開始在翻滾，準備要火山爆發的阿莉，真怕等一下忍不住就⋯⋯

一洩千里）。不用了，我自己回去就好（語畢就快速的消失在人群中，趕快招計程車回家。上了車後，自言自語的說著，什麼辣滷味？司機大哥以為她要買滷味，還好心的告訴她可去士林夜市有一間不錯，阿莉忍住肚子的抗議，微笑的臉應付著，謝謝，我知道）。

（一回到阿美家，車資一百二十元，阿莉丟下二百元便直奔家裡，以跑百米的速度直奔廁所）

　　還好，平安順利回家，終於解放了……

（阿美以為發生什麼事了，猛敲門）阿莉沒事吧？

　　沒事，沒事，拉肚子而已。

　　拉一拉就好（三十分鐘後，門開了）。

　　哇，吃了什麼？（空氣中散發出一股辣椒味，按住鼻子的阿美，迅速逃到客廳去）

　　不好意思，不好意思，廁所一小時後再用，等氣味散

去……

妳約會得怎麼樣啊！就是這位賤民，建民帶我去看電影，買了一堆吃的，有冰的珍奶、熱的鹽酥雞，又豆干、海帶的，看到電影結束了，還剩下一堆，應該是我吃到冰的又吃到辣的，才肚子痛，拉肚子，這幾天好朋友也要來了……

好朋友也要來？他要來妳就肚子痛，如果是女的，可以過來和妳一起住，遠來是客。阿美同學，好朋友要來就是指大姨媽要來，原來如此，早說嘛！我泡熱巧克力給妳喝，有用嗎？我是有用，妳試看看。

巧克力的香味撲鼻而來，這杯給妳，我的也差不多快來了，我都喝熱巧克力比較舒服，真的蠻好喝，肚子好點了吧？好多了，下次外出吃東西要小心，肚子不爭氣，胡亂吃就會肚子痛。

妳早點睡吧！明天還要上班，晚安，我先去睡了。

（到了中午午餐時間，建民竟然有空出現在自助餐店，點了五個菜、一支雞腿、一碗白飯，排隊結帳）你這些一百二十元（抬頭拿錢），你怎麼有空來吃飯？今天周一美髮店公休，喔，自己找地方坐，吃完要把餐盒拿到店門口回收點，採自助式的，好，我知道了（付完了錢，還不走，兩眼看著阿莉，口中欲言又止，不等建民開口）下一位，這些菜六十元！（建民識趣的坐在角落。一邊吃著偷偷看著阿莉，阿莉也忙著收款算帳，建民這個午餐從十二點吃到了快二點，店裡客人走光後，過來收銀台，告訴阿莉，想邀請阿莉周六到店裡幫忙，因為與當地里長辦了一個愛心公益獨居老人義剪活動，想請阿莉來當義工，阿莉一聽是愛心活動很開心）是幾點鐘？下午二點半到四點半，這

　　　　　　　　假如・我是一個月亮

個時間我可以，是店裡的空檔時間，我再向老闆說一下，應該可以。謝了，阿莉，那我們周六見，好。

你要走去那，回來，建民（建民開心的走回來）找我嗎？阿莉，人走要把吃完的垃圾帶去門口丟，對喔！不好意思，忘了（建民乖乖的拿起餐盒往店外垃圾筒丟，店外玻璃對著店內阿莉揮手再見）。

（孝順的阿莉領到第一筆薪水三萬元，到郵局匯了二萬元回家給阿母，只留一萬元當每個月的生活費用）

阿莉，不用寄這麼多錢來，鄉下地方沒什麼開銷，倒是妳在寸土寸金，消費高的台北會比較用到錢。不用擔心我，阿母，我夠用，注意身體，我先去忙了，阿母，再見。（阿莉心中告訴自己，來台北的目的就是要賺錢給阿母阿爸，改善家庭生活，至於男友的事，順便而已，沒有也算

了，專心工作就好。）

（日子一天一天的過去，阿莉過著早十晚八的工作與生活）

　　郝哥，我明天周六下午二點半到四點半會外出去做公益活動，公益？什麼公益，我朋友的美髮店與里長舉辦了義剪獨居老人頭髮活動。不錯不錯，這種活動特別有意義，阿莉，妳問一下主辦單位，看需要我們贊助什麼？我們也加入這種關心老人的活動。這樣好了，我們提供二百個雞腿便當給老人當晚餐，如果不夠，妳提前告訴我。好的郝哥，范老闆本身就是一位善心人士，常做善事幫助人，我現在馬上問（阿莉拿起手機去電建民，但一直沒人接），老闆我現在馬上去找對方，就在店裡附近而已，對方電話沒接。好，妳去，如果確定可行，我等一下就要叫雞肉商準備二百隻雞腿了。

（阿莉騎著腳踏車來到小范美髮店，看見店裡正忙著剪髮的建民，店內還有五位客人，難怪沒空接電話）阿莉妳怎麼來了？公益活動是在明天不是今天？我知道，我老闆想要贊助一起來做善事，明天的愛心活動提供二百個雞腿便當給老人好嗎？當然好，妳們老闆真好。你繼續剪髮，我先回店裡（十分鐘後阿莉回到店裡）。范老闆很感謝郝哥提供二百個愛心便當。那我趕快叫貨。

（到了隔天愛心日這一天，早上九點廚房就開始準備比平日工作量多出的二百個便當，阿莉一早也進入廚房幫忙，老闆一早就去果菜市場進了十箱蘋果，也要送去活動地點，老闆回到店裡）阿莉，妳下午幾點會去現場？我二點到，好，到時候我與妳一起去，先把這十箱蘋果送過去給老人吃，二百個便當會在五點送到給老人晚餐食用。謝謝

郝哥心地真好。

（中午忙完後，一點多客人吃完飯離去，收拾完垃圾，算完帳，便上了郝哥的車來到小范髮廊）

　　阿莉，妳們來了，這位是？這位就是我的老闆郝哥，提供二百個愛心便當，我們先送水果來（郝哥看見里長主動打招呼），里長好。你是自助餐店老闆，提供二百個便當又送水果，真是愛心企業家，我代表整個里的老人謝謝你。關懷老人是應該的，我先去把貨卸下（里長一聲招呼，現場志工都去幫搬水果，放在角落，等一下志工就會陸續帶老人來店裡了，水果一箱一箱卸下）阿莉，我先回店裡，五點我會送二百個便當過來。好的，郝哥。里長、范老闆，我先走了。

　　謝謝郝老闆。

　　小范你應該還沒吃吧，我帶了店裡的便當來給你，多

少錢我給妳，不用錢，我請你，那怎麼好意思，那下次我請妳吃飯，好。

（正在吃著便當的小范，也找了另外二位同行美髮師一起獻愛心，現場有三個椅子，志工陸續安排老人入內開始剪髮。小范吃完飯後開始招呼老人們剪髮，剪完髮的老人由里長、志工安排領水果後回家，五點開始里長會與志工送愛心便當到獨居老人家，阿莉拿起掃把打掃地上的頭髮。

三個美髮師技術熟練，老人一個接一個剪完頭髮，有精神多了，到了五點還剩下十位左右老人，這時郝哥送來了二百個便當也來到現場，並由里長及志工統一分配，專人分組送至老人家中，里長也安排每人一袋米，不一會兒工夫，就全部剪完了，最後一位老人由志工安排領東西後回家。

愛心人員在里長的帶領下，雙手合十，祝福老人們身體健康長命百歲。里長謝謝小范、郝老闆、阿莉做善事，並告

知他們明天早上十點來里長辦公室接受愛心公益感謝狀，三人謝謝里長。里長先離開）阿莉，妳先幫忙把這裡打掃完後再回店裡，我先回去店裡了，好的，郝哥。

（美髮師陸續離開，剩下小范與阿莉，阿莉打掃完後，準備回去店裡）

阿莉，妳今天辛苦了，真是漂亮又有愛心的女生，台北不多見。這張貴賓卡給妳，一年內剪髮不用錢，燙染髮一律打五折。這麼好，不用錢，對具有愛心的女生，就是要這麼好，好，我收下，隨時過來剪頭髮，歡迎，歡迎，我的店天天為妳而開。

（阿莉拿了卡後回到自餐店，又開始忙著店裡的晚餐生意，忙到了八點，才回到家）

阿美，今天做了公益真是開心，幫助老人，想追我的

　　　　　　　　　假如・我是一個月亮

小范還給我美髮貴賓卡，剪髮不用錢，這麼好不用錢。阿莉，男生追女生的時候特別大方，過幾天又會約妳出去了，送包送表的，追求前很大方，追到後就會變得很小氣，我就是血淋淋的受害者，不是，是見證者。

想當初我老公追我時，花錢也是不手軟的，男生都是如此，沒有例外。我知道了，見證者，我會特別小心。明天一早要去里長辦公室。里長找喔妳？因為今天去當義工，里長要頒發感謝狀，小范、郝哥都有。下次有公益活動我也要去，從求學到進入社會，結婚當家庭主婦，從來沒有得過什麼別人給的感謝狀。

會有的，下次我放假，我們一起回屏東，我阿母阿爸會頒感謝狀、獎盃給妳，感謝妳照顧阿莉，阿爸一定會給妳大紅包，這倒是。那妳何時有假？我最近都很有空，計畫下週一回去（阿美幻想著得到感謝狀）。

（隔天一早十點，三人已來到里長辦公室，接受里長表揚。郝哥告訴里長，下次還有公益活動，還要參加且提供便當，里長特別表揚小范，因為是由小范提出的想法，由里長辦公室來做號召，來了很多的志工，一同獻愛心，小范也特別提出里長要好好表揚阿莉，如果沒有她的幫忙，活動不會如此順利，里長頒獎給阿莉，宣佈三人是「愛心三人組」）。每個月一次的公益活動由你們來執行，好的，里長。

（拿到獎後，阿莉坐上了郝哥的車要回店裡，小范拉住了阿莉的手）阿莉謝謝妳，我下周一公休，我們早上開車出去玩，我來規劃一天的路線，吃喝玩樂玩一整天。聽起來不錯，你不用上班，我還要上班，我排假看看好了，排好打電話給你，好，阿莉等妳電話。

（經過這次愛心活動，阿莉對小范感覺不錯，開車中的郝哥也看得出來，小范對阿莉有意思）。

阿莉，小范約妳喔！對的郝哥，他下週一約我出去玩一天，妳去妳去。他店裡週一公休，我又沒有公休。我准妳放假，不扣錢，就放榮譽假好了，因為做公益為店裡爭取榮譽，所以放假一天。郝哥，怎麼感覺現在我像個阿兵哥。遵命長官，那我就放假一天囉！謝謝郝哥。

　　（到了晚上回到家裡，開心的坐在沙發上，正敷著面膜在臉上的阿美走來客廳）回來了阿莉，妳怎麼一直在笑？感覺有什麼好事，是不是中了大樂透。我告訴妳，我們是好姊妹，真的中了大獎，記得分紅。阿美，這是一定的，中了獎，我們一人一半。哇，真的中了（開心的跳了起來的阿美，面膜也掉在地上），中了多少錢？我又沒中，阿不然妳在高興什麼？我高興的是今天拿到了這一張感謝狀（阿美拿在手上羨慕的仔細看著），我下次也要，今天小

范又約我下週一要開車去玩一天，郝哥又放我一天假，帶薪假不扣錢，因為我幫自助餐店爭光。

小范又找妳出去，妳第一次去約會回來就拉肚子。那這次又該不會又有什麼事要發生了。

我覺得小范人還不錯，有愛心關心老人，與我一樣，都是喜歡做愛心公益的事情。他喜歡我，正在追求我。阿莉，他有沒有女朋友，這我還真不知道，不過真有女友的話，為什麼他的店我從來沒有看過女牛來找他？

搞不好他有女友，女友是空姐，到處飛來飛去的，所以不會很有空常來找他，是嗎？阿美，該不會他想腳踏二條船，哈哈哈，妳笑什麼啦！阿莉，妳這一條船他還沒上去好嗎？想太多了，太好笑了，我下週一與他出去玩，再問他有沒有女朋友（阿莉撥了手機號碼去電小范），鈴鈴鈴鈴……

喂，建民，阿莉，建民，下週一我可以去玩。郝老闆放我一天假（電話那頭的建民開心的跳了起來，來回走動的與阿莉講著手機，卻忘記了坐在椅子上頭髮剪一半的男大學生）阿莉，我來負責規劃一天的吃喝玩樂路線，那我負責什麼？妳只要負責吃和玩就好，其他的，我會安排，好的。

（大學生看著小范走來走去，等不及的說著）老闆，講完了沒有，我的頭還沒剪完，對喔，我都忘了，阿莉，我下週一早上七點去妳家接妳，拜拜。

（開心剪髮的小范，心已經飛去規劃旅遊路線了）剪好了。錢給你，老闆，不用錢，今天太高興了。

我也很高興，你也很高興，什麼事高興，因為你不收我錢，哈哈哈。

（兩人面對面笑著……）

（一早建民開心的從車庫開出前一晚特別洗車打臘，亮晶晶的汽車來到阿莉家樓下等阿莉，五點就已經起床刷牙洗臉，精心打扮的阿莉已經在客廳等著看手機 LINE 的響起）

（阿莉為什麼要如此早起，因為他想要試一試這個建民的守時誠信，是否是一位守信的人，看著阿爸送的石英錶，秒針滴滴地不停的走；眼看剩下一分鐘就到了七點，建民還沒來電，是否他是一位愛遲到的人，如果是，他就被我剔出局了，不做男友考慮，倒數三十秒，看著電子錶的建民，正在等待七點一到就 LINE 過去給阿莉，快到了，建民眼睛看著電子錶，一手拿起電話準備 LINE 阿莉，十、九、八、七、六、五、四、三、二、一，建民 LINE 給阿莉告知已在樓下，看著 LINE 的阿莉，心想建民是一個守時的人。）

（門一打開，看著建民已手捧一束玫瑰花站在門口等她）

阿莉早。我以為你會遲到，我一早六點半就在門口等了，那麼早到幹嘛！因為我怕遲到，早點來好了。

（紳士般的建民開了車門，阿莉坐了進去，綁好安全帶）

　　出發了，我帶妳去吃一家台北市最好吃的早餐店。是永和豆漿嗎？還是麥當勞？復興南路清粥小菜？都不是，是天母的茉莉漢堡早餐店，是我吃過最好吃的。

（一路車子從景美上民權東路、中山北路，一路來到天母）

　　一早這麼多人排隊點餐，這裡美式牛肉堡、薯條最好吃，有巧克力奶昔嗎？有，我要一杯，阿莉，妳先去二樓找位置，我來排隊買（點完餐，上了二樓，托盤上滿滿都是高熱量的牛肉堡）這你的，這我的，我咖啡，妳巧克力，吃完了再叫，現場怎麼這麼多外國人，因為這個地方是天母，大部份都住著老外，也把美式的美食文化帶來天母，我只要到了周一公休，就會一個人來這吃早餐。是喔，一

個人？女朋友怎麼沒有一起來，是在當空姐嗎？所以沒空陪你，當空姐？

（阿莉滿手的牛肉堡流下的蕃茄汁液，大口咬下的肉汁，吃著滿嘴都是油，太好吃了，這個時候沒空顧女生形象）。

我們剛剛說到那裡了，空姐，對。我沒有認識空姐，我也沒有女朋友。

（正大口咬下一口肉的阿莉，放下手上的牛肉漢堡，優雅的拿著面紙擦著嘴唇）

你再說一遍，空姐喔，不是，下一句。沒有女朋友，為什麼沒有？

沒有碰到喜歡的，也對，要碰到對的人才可以在一起。

（喝著奶昔，還沒有男朋友的阿莉，說著一堆愛情大道理）

當然，這些都是在愛情小說上學來的，吃飽了嗎？真好吃。

我先去把車開過來，我再 LINE 妳，妳再下來門口。

　　（看著建民下樓，喝著奶昔的阿莉）太好了，沒女友，建民不錯，可以再觀察看看（這時 LINE 來了，上面出現「下樓，莉」，真親密的字眼，吸了最後一口奶昔，下樓上車）。

　　我們下一站去哪，我們去新竹野生動物園看動物。

　　（車子開上了中山高，車程一小時就到了，新竹週一路上車少，到了動物園，已經有許多家庭、情侶、學校的戶外教學專車開著車，排著隊等著進場，付了入場券後，整個參觀行程，都是開著車進入園區，路線參觀餵食區及兇猛區兩個區域。建民買了一些飼料放在車上，車輛開始往前緩緩排隊前進，草食區，前方看見一群猴子往車子裡向遊客要吃的，一刻停不下來的猴子，看見食物都是用搶的，阿莉嚇得把餅乾往車外丟，其中一隻往車窗內要搶阿莉手上的餅乾盒，嚇得抱住一旁正在開車的建民）不怕不怕，

我在這保護妳，去去去小猴子，看我齊天大聖孫悟空在這，還不快退下。

（逗得阿莉哈哈大笑）齊天大聖孫悟空還會開車喔！不是用斛斗雲比較快。

（握住建民右手的阿莉的左手還沒鬆開。建民覺得這是近年來開車最快樂的時刻，比考駕時拿到駕照還開心。
開車不專心的建民直盯著阿莉，卻不知在前面有長頸鹿在道路上，小心小心，看路！有動物，猛採剎車，差一點就撞到，長頸鹿慢慢走了過來，吐著舌頭，向車上的遊客要東西吃）

　　車上還有飼料嗎？有，在後座，我買了一大包，夠妳餵十種草食動物了，這不是鮮貝嗎？這是零食，對，人也可以吃，動物也可以吃，給我幾片，我邊開車邊吃（阿莉拿著鮮貝餅乾拿出窗外，長頸鹿走向車來，長長的舌頭一

下就把阿莉手上的餅乾捲入口中，車子繼續往前走）。

（開車的建民忽然說出「草泥馬」在那裡？正在窗外往外面丟餅乾的阿莉，覺得自己耳朵是不是聽錯了，怎麼罵人呢？素質這麼差，而生著悶氣不說話，一直吃著餅乾，「草泥馬」在那裡，真奇怪，阿莉心裡想著男人就是滿口髒話）

　　看到了看到了，阿莉，妳看，在前方左方有好幾隻草泥馬，看見了前面的動物（阿莉這才明白原來是「草泥馬」，而不是「操你×」，前面可以下車，可以摸動物及拍照，現場有工作人員）好，我們過去找草泥馬玩，拍照（錯怪他了，想太多了）阿莉，吃餅乾，要留一些餵馬喔。

　　真可愛的動物，看這裡阿莉（連續拍好幾張。通人性的草泥馬竟然會口吐舌頭笑著瞇著眼面對鏡頭拍照，建民拉起了阿莉的手走到冰淇淋店買香草霜淇淋冰吃，此時的阿莉也沒有拒絕被牽手，心中感覺小范還是不錯的，可以

交往看看）來給妳，天氣這麼熱，吃冰最消暑，吃完冰後，車子會再往前走，看其他的動物，看完後，我們進新竹市區去廟口吃當地小吃，來到新竹一定要吃的新竹米粉及貢丸湯，這裡的最正宗。

（陸續在車上看了其他動物，梅花鹿、孔雀、獅子、老虎、山豬、斑馬、河馬……等，在車上左手手握方向盤，右手緊握阿莉的小手的建民，心中暗自竊喜，難怪手排車沒人要買，自排車多麼方便，還能一邊開車一邊握小手，真好，哈哈，差不多了，快追到了）。

（看完動物後，來到市區，來到知名小吃街，新竹廟口，中午還是這麼多觀光客）帥哥，來買米粉，新竹名產，送禮自用兩相宜。阿婆，等一下給你買。走，進去先去找看那一家看起來最好吃，每一家都賣一樣的，這家好了，看起來比較乾淨。老闆，二碗炒米粉、二顆貢丸湯、滷味切

假如・我是一個月亮

二百元，前面有位子。

小心，湯麵來了。

阿莉，來，吃這個炒米粉，有沒有與台北的一樣（夾著一口炒米粉的建民，正等著阿莉張開口來吃，張口的阿莉，一口吃下米粉，真香）這個碎肉放得特別的多，也放了香菇、香菜、蒜泥、醬油、香油。阿莉，妳一吃就知道放了什麼調味料，是啊，我喜歡做菜，所以一吃就知道（建民心想，這個好，娶回家，以後不用再煩惱每天吃什麼）。小菜多吃一點，貢丸也不錯（建民殷勤地夾菜給阿莉）你也吃，建民（阿莉來回夾菜給建民，建民開心的大口吃下），老闆再來一碗炒米粉（吃飽飯後，阿莉要買一些米粉及貢丸帶回去給在屏東的阿爸阿母，走到入口處卻看不到剛剛的阿婆，建民說這裡有很多人都在賣米粉伴手禮，找一家買就可以）。

（阿莉堅持要向這位阿婆買，在廟口內找了十分鐘，在小吃店的最角落發現了賣米粉的阿婆）阿婆妳怎麼在這賣，剛剛不是在入口處賣嗎？因為警察來了，要開紅單，跑給警察追，被追到要被開罰單的，一張罰單我賣三天都賺不到（看見阿莉掏了一千元買米粉，獻愛心，受到阿莉的影響建民也要買米粉，阿莉買米粉吃米粉，怎麼能不配著貢丸湯呢？

我們是一起的，阿婆我買一千元米粉，一千元貢丸（阿婆高興得直說感謝）你們這對夫妻人真好。建民開心的回答：沒錯，我老婆人最好、最善良（一臉笑著的阿莉看著建民……）。

阿民，下一站我們去那，我帶妳去淡水看落日，晚餐在淡水漁港吃新鮮的海鮮，參觀紅毛城，了解一下淡水歷史，逛逛淡水老街，去渡船頭坐船去對面的八里吃孔雀蛤。

出發。

（一路上了二高，下了交流道，往淡水方向行駛，淡水的海風陣陣吹著，輕撫在阿莉臉上，舒服的坐在車上睡著了，建民看著阿莉的臉，不忍叫醒，一路來到富基漁港進了停車場）阿莉，漁港到了，到了。這麼快。這個時間差不多漁船會進港，懂吃的人都會在這個時間來這吃或採買回去，因為新鮮又便宜，妳看，前面船進港了，大部份都是大盤買走及餐廳，開始卸漁貨了，好多魚。鯊魚吧，好大隻，沙魚煙小菜就是鯊魚肉，烏賊可以做三杯中卷，鮭魚可以做生魚片，好多蟹、龍蝦、蝦子，都是活的，都被那家餐廳買走了，我帶妳去挑漁貨去，看想吃什麼，我們買完魚後再去後面的餐廳代煮，再另行付費。

只有我們二人吃不要買太多，蝦子一斤、蟹四隻、龍蝦一隻、海瓜子一斤，老闆就買這些，好，我帶你們去我

們的店，指定的代炒餐廳，您再告訴店裡說，海鮮希望如何煮就可以，到了，就是這一間。

阿民把漁貨給了老闆，阿莉妳想怎麼吃？

老闆我要蝦子水煮加薑，給我哇沙米醬油調味，花蟹用蒸的，龍蝦用三吃的，海瓜子用炒的。

二位客人請樓上坐，店裡會送一份炒麵給您。

（二人找到了位置，坐下）好渴，我去拿飲料，我去拿，阿莉妳坐，我去拿就好，你喝什麼阿民，可樂好了（阿莉下樓打開冰箱拿了二瓶可樂結帳）老闆我先付剛剛炒菜錢。客人吃飽後再付錢就可以了。沒關係，我先付好了，老闆俐落的用計算機算著，一共是二千二百元，多少？（阿莉一臉驚訝），二千二百元，炒麵不用錢是送的（阿莉心中想著，就炒這幾道菜要二千二百元）。錢給你老闆，還有可樂二瓶多少，一百元，二千三百元給你（一瓶可樂五十

元？阿莉心想：怎麼感覺自己像觀光客）。

（拿著二瓶可樂上樓，樓上觀光客越來越多），可樂給你。

（服務員也開始上著菜，多吃一點）海鮮大補。

（技巧熟練的一隻隻蝦已被阿莉剝去外衣）給你阿民，你今天辛苦了，開了一天車，蝦子很有營養，男生要多吃一點，補充營養體力（上菜，龍蝦、蟹、海瓜子、炒麵）。老闆，你們的菜到齊了，慢用，還有這一杯龍蝦血、龍蝦三吃、生蝦片、炒龍蝦、龍蝦豆腐湯。阿民，你們男生不是常說，吃了龍蝦，男人要勇就要吃龍蝦，尤其是男人聖品，龍蝦血這一杯，來，阿民，乾了。

（一人一半，一人一杯，感情不會散，二人一同飲入口，好鮮腥的味道，吃菜、吃麵，吃飽後往回走，往淡水市區老街去看落日。吃飽喝足，二人下樓，建民去櫃台付款）老闆結帳，坐幾桌，第八桌（會計看了八桌帳單，已經付

過了），付過了？我們沒有來付啊！哪位好心人付錢請吃飯？這麼好，我付過了，阿莉，妳付過了，怎麼妳付錢？我來付就好，多少錢我給妳？不用了，我來付就好，又不是每一位女生都是公主，要男生付帳，男女平等，我堅持，你不用拿錢給我，我們走吧！去淡水看落日，我還要去老街買鐵蛋回去給阿美吃，阿美是誰？我最好的朋友，我現在住的地方就是他家，那多買幾包謝謝阿美，上車，出發了……。

（建民主動拉起了阿莉的手，就像情侶，兩人一路逛了老街，坐在海邊旁咖啡店，等著看落日。喝著咖啡，逛著街，落日餘暉，真是浪漫，直到太陽下山……開車往回家的路上前進，阿莉累得依偎在建民的肩膀，還好是開自排車，才有此福利，手排車就不行了……）

（車子來到建民家樓下，車一停）

假如‧我是一個月亮

阿莉醒來，到了，到了我家，來我家坐坐（建民不等阿莉開口便下車開了車門，溫柔的手拉阿莉下車，上了公寓三樓，門一打開）這就是你單身漢的房子，對的，我一個人住（這時阿莉心想，等一下不要發生什麼事才好）。

　　這裡可以看見台北一〇一大樓的夜景真是漂亮。我常常下班後一個人喝上一瓶水果啤酒，真是太痛快了。水果啤酒？是左手拿著水果，右手拿著啤酒嗎？不是，就是一瓶水果啤酒，還有這種啤酒喔！有呀，我拿給妳看，鳳梨啤酒、水蜜桃啤酒、草莓啤酒、蘋果啤酒……（阿民打開鳳梨啤酒，喝了起來，真是好喝），對了，喝啤酒一定要配上一種零食，我去拿（阿莉拿起草莓啤酒看著，阿民手拿魷魚絲），就是這個，啤酒魷魚絲組合太棒了，來吃別客氣（女生如何能拒絕草莓做的啤酒呢？阿莉打開了草莓啤酒，喝了起來），哇里勒……太好喝了，這根本就是為

了女生而設計的啤酒，酒精度數很淡，來，這包魷魚絲給妳，配著吃（二人坐在二十三樓陽台看著台北一〇一，聊著天），水蜜桃的也試一試，怎麼沒有香蕉的口味，我們家就是種香蕉的，應該出香蕉啤酒，香蕉多好，有營養（阿莉邊喝水蜜桃口味說著香蕉，想必是酒精催化的緣故，阿莉聊起當初來台北的原因）。

（兩人放鬆戒備的心情，聊了彼此的故事）

　　我來台北除了想賺錢分擔家計以外，還想找另一半（阿莉大口喝著酒，是蘋果口味的，一飲而盡，又開了鳳梨味的味，當想要再喝時，阿民拿起酒）不要再喝了，妳喝四瓶了，給我⋯⋯我要喝（阿莉搶著阿民手上的啤酒，這時阿民一把抱住了阿莉吻了下去。酒能短暫讓人迷失自我，半醉半醒之間，眼睛裡的對方應該就是像Angelababy、林志玲、金城武、周杰倫之類的，美麗帥氣、

才華洋溢）。

（阿民抱起阿莉進入房間，關上了房……）

（就這樣想要發生的事，總算在水果啤酒的催化下，成功了，難怪水果啤酒受到男生、女生歡迎）

（一早，昨晚翻雲覆雨一晚上的阿民，起床做了早餐，吐司蛋、火腿、肉排、牛奶，精心擺放在餐桌上。料理好了早餐，阿民進房間，親了阿莉臉龐，阿莉起床吃早餐，被吻醒的阿莉，看了一下手錶）九點，還好，我以為上班要遲到了，先吃早餐，我再送妳去上班。

（一絲不掛的阿莉，不好意思的在棉被內穿起了內衣，穿起了衣服，阿莉微笑著）

昨晚太美妙了。

來，坐（阿民紳士般的拉起椅子），早餐一定要吃有

營養的，滿足身體中午前的營養所需，吃肉排，你怎麼一直看著我，沒看見帥哥嗎？男生會主動做早餐給女生吃真是太帥了⋯⋯

妳喜歡吃，我以後天天弄給妳吃，好啊！（阿莉不加思索脫口而出，看著阿民，一臉不好意思吃著早餐）。

吃完後，上班吧！好（兩人吃著甜蜜的早餐）。

（坐在車內就像一對熱戀男女，車到了自助餐店門口，阿莉揮手進入店內上班。阿民拿起手機傳LINE上面寫著：Baby，才剛分開一分鐘，開始想妳了，二十三樓的家，我家就是妳家，不是全家，看著LINE，阿莉一臉笑意不停的回了一句，OK。）

（郝哥看著阿莉一臉春風樣子）談戀愛喔！不錯，那台車不是小范的車嗎？這小子不錯（連郝哥都在說阿民不錯，

阿莉這時覺得可以把對方當結婚對象，用心交往，忙完中午後，阿莉去電阿民，下班後會去二十三樓，還要拿米粉、貢丸、鐵蛋，都沒有拿走，要送爸媽、阿美的）。

（下班後，阿莉來到二十三樓）

　　今天有一個客人堅持頭髮只長到一公分就要剪髮，大約十天就要來店裡一次，一個月來三次，看起來很好剪，其實不然，多一公分不行，少一公分也不行，還要用尺量，不然客人拒絕付帳，真是特別的客人（阿莉笑著），這年頭什麼人都有，我們店有客人點了一整隻魚及雞腿、排骨、牛肉，客人說只吃肉不吃菜，也不吃白飯，結帳時，還要求只要魚頭，不要魚身。錢照付，我結帳時好奇問他，為什麼不吃魚身，只吃魚頭，他說魚頭最有營養，魚身不吃，在結帳時，什麼人都會碰上。郝老闆是一位很有愛心的人，

自助餐只要中午沒賣完的，就要大家把菜弄成愛心便當，送到里長室請里長安排志工送給獨居老人吃，午、晚餐的菜都是現炒的，店裡開銷很大的。

（阿莉看著阿民說著）你想不想要……要……

那把冰箱裡的草莓啤酒拿過來喝，再配魷魚絲（阿民一臉笑著，自己想太多），來，乾了（阿民拿起口袋中的鑰匙給阿莉）我的家就是妳家，妳隨時可以來家裡（阿莉收下了二十三樓鑰匙）。

太晚了，我的米粉、鐵蛋呢？我回家了，明天再來……

（大包小包的回到阿美家）阿莉回來了，妳昨天應該玩得很開心吧？來，鐵蛋、米粉給妳的，新竹名產，妳們去新竹玩喔！去了淡水、新竹、動物園看草泥馬，不是罵髒話喔！是一隻溫和可愛的動物，我知道，木柵動物園也有，

　　　　　　　　　假如・我是一個月亮

還用跑去新竹看嗎！

新竹的野生動物園可以開車進去在車上看，喔，那這個就特別了。

快說，妳們昨晚有沒有那個……那個，就那個嘛！

有……（阿莉一臉笑著，阿美說的有那個是指「接吻」。而阿莉想著的是「上床」，阿美說著愛情妙論）男生約女生第一次約會，第一次接吻就成功的只佔二十％，是喔！阿美教授。

妳們第一次約會他就親了妳喔，按照這樣的進度，建民會在第四次約會的時候，妳們會上四壘，全壘打，就是上床。

（阿莉笑而不答）阿美吃著鐵蛋，一顆接一顆，好吃嗎？淡水名產，真是好吃，給我來一顆。

（阿莉去電阿爸）鈴鈴鈴……

喂，阿爸，阿莉啊，阿爸我昨天去新竹玩，買了一些特產米粉、貢丸，我明天去郵局寄過去給阿爸阿母吃，好嗎？阿莉真乖，工作做得如何？很好，阿爸，不用擔心，我月底再回家看阿爸阿母，好啦！阿爸，注意身體，好，再見！妳真孝順，阿莉……。

（有了鑰匙後，阿莉下班後都往阿民家跑，有時候沒有回阿美家住，與阿民展開半同居的交往狀態，阿美也知道了，阿莉正在與阿民交往，阿美也為阿莉感到高興……。直到這一天）。

阿美，這二個月月經沒有來了，我是不是有了。

二個月了，去買驗孕棒就知道了，走去買（一買回家，阿莉進了廁所……）。

啊！有了……阿美，我有了，阿美看著驗孕棒，恭

禧妳，要當媽媽了，明天趕快找孩子的爸，看怎麼處理……。

　　是小范的，對吧？也沒有其他男的交往，我明天就去找他……。阿莉需要我陪妳去嗎？阿美，謝謝妳，我自己去好了，去問他的態度。

　　（隔日一早，一樣來到店裡工作，就像往常一樣的作息，上班、下班。下班後，阿莉回到阿民住家，拿出鑰匙開了門，阿民還未回家……阿莉泡著一杯熱咖啡，坐在沙發上等著阿民回來，在一杯咖啡還未喝完的時間）阿民回來了，阿莉，妳在家喔！今天店裡比較忙，現在才回來（阿莉一臉嚴肅著），妳怎麼了，那裡不舒服。

　　阿民，我問你一句話，你一定要真心的告訴我，不許騙人。

你是不是真心的喜歡我？當然喜歡！

你是不是以後會娶我？當然會娶！

你現在說的每一句是不是真心的？……當然真心！

恭禧你，阿民，你要當爸爸了。

（一臉搞不清楚狀況的阿民……看著阿莉）

當爸爸……難到妳……

對的，沒錯，我有了，有了我們的孩子了，阿莉流著淚開心著，太棒了，阿民開心的跳了起來，抱住阿莉，老婆，我愛妳，我們結婚，你再說一次，我愛妳（阿莉抱住阿民，哭著滿臉的淚水）。

（老天爺聽見我的聲音了，明天我要告訴阿爸阿母這個喜訊）

阿莉，妳從明天開始搬來這裡住，自助餐店也不要去了，現在開始，我的就是妳的，我們一起經營美髮店。好，

我明天搬過來。

（隔天一大早，阿莉等不及的去電阿母，阿母與阿爸開心的說，總算要嫁出去了，準備抱孫子，阿莉也在自助餐店告訴老闆郝哥，不能在店裡工作了，準備待產，謝謝郝哥這一陣子的照顧。郝哥也給予阿莉幸福的祝賀）

（阿莉告訴了阿美，要與阿民結婚，搬去他家，自助餐店也辭職了，阿民今天美髮店暫停休息一天，開車來接阿莉，車到了）

　　阿美，阿民來了，妳好，阿美，阿莉這些日子受妳照顧了，我來接阿莉去我家住，我就住在附近。阿民，你一定要好好照顧阿莉，一定會的，阿美，我搬過去後，妳再來家裡坐，好，阿莉，保重，我過幾天會帶阿民回屏東與阿爸阿母商量婚事的事情。

（回到家整理了衣物進房間，阿民小心的扶著阿莉，深怕跌倒，阿莉像個小女人般的依偎在阿民胸前）我們後天回去屏東與我阿爸商量婚禮的事情，阿民你的父母也一起去與我父母見面……。

（阿民欲言又止）阿莉反問怎麼了，後悔了，不是的，阿莉，我是一個孤兒，從小在育幼院長大，父母在我小時候因為車禍而雙亡，我是在孤兒院長大的，我明天帶妳去我長大的孤兒院看看。阿莉不捨的抱住阿民，老公，以後我們一起相依為命，面對接下來的人生。謝謝妳，阿莉，能娶到妳是我的福氣。我們是老天爺安排的，月下老人安排的……。

（回屏東見阿莉爸媽。一大早，阿民準備了禮物，帶著阿莉開車回到了屏東鄉下，開了五個多小時，總算到了家，

車子經過了香蕉園）這就是我家，到了（阿莉下了車，阿民拿著大包小包禮物）。小黑，汪汪汪，阿爸阿母，（阿莉大喊著）。

（正在廚房的阿母，聽見了阿莉的聲音）阿莉，妳回來啦！阿母真想妳，阿爸呢？在香蕉園，我正在做午飯，妳阿爸等一下就回來吃午飯了。阿母，這就是阿民啦，范建民。伯母好，我是建民，阿民。你們的事情，阿莉告訴我了，我都知道了，從小就沒有父母，一個人在孤兒院長大，阿民，以後我們就是你的父母了，我們成為一家人，都是緣份。阿母，月下老人廟太靈了，我們要記得去還願，對對對，等妳阿爸回來，我們吃完午飯後就去，伯母這些禮物請收下，好，謝謝！你們小倆口打算什麼時候結婚，阿母看著阿莉肚子，三個月了，肚子越來越大，等阿爸回來一起商量看什麼時候結婚。阿爸，回來了，阿莉總算回

來了，阿爸這是阿民，伯父好，坐，阿民（阿爸喝著茶，翻開了黃曆，仔細看著，月底二十八號是好日子），要在台北辦還是屏東辦，阿民在台北沒有親人，在屏東辦好了，阿民妳覺得呢？好，在屏東辦（阿母去廚房端出剛炒好的菜）來，我們先吃午飯，要在飯店辦喜宴還是屏東辦桌比較熱鬧？阿爸就辦桌好了！阿民呢？好，辦桌，吃完飯再說，飯菜要涼了，先吃菜吃飯（阿母說著）。

（阿莉肚子一天比一天大，回到台北的兩人，忙著籌備婚禮，挑選禮服，拍婚紗照，在屏東的阿母及三叔公也與總舖師討論菜色，準備辦一百桌）。

（阿莉挑了一套白色歐洲款式婚紗）阿民，漂亮嗎？美極了，阿民換上白色西裝，先拍定裝照（婚紗公司告訴新人，明天早上八點來店裡拍婚紗照）。

　　　　　　　　　　　　假如‧我是一個月亮

（隔日一早八點開始拍照，阿美也來幫忙，化粧、拍照，今天要拍十二組相片，攝影師專業的指導新人拍照姿勢，拍完一組後，再改換造型，衣服、髮型、補妝，就這樣持續拍到了晚上十點，終於拍完了，回到家，兩人肚子餓，阿民體貼的進廚房煮了麵）老公！你在煮麵，對，加個蛋比較有營養，現在是一人吃二人補，麵好了，吃麵，很燙，要慢慢吃。我先去放洗澡水。今天拍的婚紗照，老闆說什麼會好，二十二號會好，我們二十八號結婚，到時候再去看完成片，放心，我來處理，也要開始列邀請名單，二十八號到屏東吃辦桌。遵命老婆，吃完麵，洗完澡，我們快睡覺，明天早上一起去美髮店。妳是老闆娘，老闆比較大，還是老闆娘比較大，當然是老闆娘比較大，我們家大事我決定，我們家沒有大事，聽老婆話大富貴，自古流傳名言，不無道理，夫君應遵從祖先留下的祖訓，家庭可保安康平

安幸福（古裝劇看多的阿莉，出口成章）…

遵命！娘子，洗澡、睡覺！

（兩人一早不開車，手牽手散步到了美髮店，發現一早已有客人等著剪髮）請進，阿莉招呼著客人，老闆我要燙髮，好的。

（一天過一天，店裡生意越來越好，也請了員工來上班，愛心日義剪活動持續進行著。阿莉的肚子也越來越大了，很快的來到了二十八日結婚現場，家裡親戚朋友多，在鄉下辦桌結婚，熱鬧程度不亞於廟會活動，賓客陸續就位，阿民也邀請了育幼院院長來現場，當地官員、里長、代表，都來現場祝賀，這些人都是三叔公邀請的。現場有一百桌，一桌十二人，最少有一千二百人以上，難怪一些官員、候選人，會來到現場，熱鬧一下，整場婚禮在經驗豐富的主

持人主持下圓滿結束。當晚阿爸阿母、三叔公最高興）。

（婚後，兩人用了結婚收到的禮金，在台北買了一間房子，付了頭期款，真是有幫夫運的阿莉，美髮店的生意非常好……）

　　肚子痛，老公，肚子痛，好像要生了，老公。

（正在剪髮的老公，摸著阿莉的肚子）孩子要出生了（客人們鼓掌著），恭禧……

（交待著店長，便火速開車送至婦產科醫院，在門外焦急來回走動著的阿民，阿美也在一旁擔心著，不一會兒，醫生出來）恭禧是女孩，母女平安。謝謝醫生（阿民、阿美開心互道恭喜。當了爸爸的建民，看著女兒的出生），我當爸爸了，我當爸爸了。

（大女兒范曉薇出生後，阿母專程北上來台北照顧阿莉做

月子，望著孫子，阿母當阿嬤，開心極了……隨著二女兒范曉芸、三女兒范曉珍的陸續出生，這個家庭有了三千金，有女萬事足，建民娶了阿莉後，連生三女，美髮店生意興隆，人生至此夫復何求。小孩日漸長大，阿莉從窈窕身材變成擁腫肥胖大嬸，建民望著店門外青春漂亮，身材個個像林志玲的美女，再看著店內滿身肥肉的老婆阿莉，心中想著「歲月是把殺豬刀，刀刀催人老」，因為阿莉連生三女，造成身材大走樣，為了家庭付出，餐桌上吃不完的剩菜剩飯，怕浪費，也不捨得丟掉當廚餘，所以就……一口接一口吃下肚，幾年下來，造成這樣身材)。

　　阿莉，妳要多運動，少吃一點，身體太胖會不健康，我知道啦。

（阿莉自己心裡知道老公已在嫌棄她胖……)。

這一年薇薇十二歲了。

芸芸十歲。

珍珍八歲。

（薇薇在回家路上撿到錢包，撿去給警察局，警察局通知失主，失主是一位建設公司錢董事長，特別來到警局感謝薇薇，拾金不昧，並受到當場表揚，錢董感謝之餘想贈十萬元被母親拒絕）。

（「有錢的男人會變壞」，這句話不知道是誰流傳下來的金句，開始發生在建民身上，有錢的阿民開始玩車買車，換掉開了十幾年的豐田汽車，換成新款式賓士，並結交了一些酒肉朋友，開始徹夜不歸，有時到早上才回來，滿嘴酒味的為客人剪髮，店裡的生意時好、時壞……）

（阿民沒喝酒的時候，就是一位慈父）

阿莉，明天周日，我們帶孩子去木柵動物園玩。店裡有店長及髮型設計師人手夠，明天九點出發，中午在深坑老街吃豆腐及芋圓冰，好久沒帶小孩出去玩，好。

　　（一大早薇薇、芸芸、珍珍開心的等著出發去動物園，來，吃完早餐就去，孩子吃得非常快，已在門口等待。好了，老爸也吃完了，全家上車去動物園看猴子，周日是家庭日，阿莉希望每個周日都是家庭日，全家每週一天外出遊玩。坐在這昂貴賓士車裡，阿莉覺得不過是一台交通工具而已，反而是豐田老車有許多的生活回憶。孩子在後座玩樂著，不一會兒，到了動物園，買了票，芸芸拉著爸爸的手，薇薇與珍珍拉著媽媽的手，開始著全家一日遊。鳥園裡有孔雀、老鷹，還看了斑馬、鈴羊；看到了猴子，手好長，要向遊客討吃的，全家在這拍了許多相片）

　　孩子們要不要吃冰棒，要，前面有賣。老闆五支霜淇

　　　　　　　　　　　　　　假如‧我是一個月亮

淋（五個人邊走邊吃來到夜行館，裡面很黑，要走好久）哇，好大的一隻魚，銀色的，這是銀帶魚，可以長到一公尺以上，嘴好大，還有貓頭鷹，小小一隻，眼睛很大，這種貓頭鷹晚上都會飛出來吃老鼠，幫農夫很多忙（阿莉像個戶外教學老師一般的講解著，一路前進走出洞口，來到長頸鹿區，來到這，阿莉想到第一次與阿民的約會場景，在車內餵長頸鹿，看著阿民，又看著三個小孩，阿莉心中想著，這一切都是老天安排的，希望我們一家能平安幸福的生活著）。走，爸爸帶妳們去吃午飯，我們去深坑老街，阿莉走吧！到了，這裡專賣豆腐小吃，阿莉看哪一家好吃我們就進去吃。這家店好了，老闆給我菜單，油雞一盤、竹筍、地瓜葉、魯肉飯二大三小，豆腐一盤、蝦子一盤……點好了，媽媽好會點菜喔！薇薇懂事的為大家排好筷子與湯匙，來上菜……珍珍來，這個菜好吃，薇薇、芸芸

自己夾來吃。

　　再不趕快吃，妳老爸要把菜吃光了，阿莉夾著菜，放入孩子的碗中，像往常在家一樣，招呼孩子吃完後，才開始吃飯，多吃一點，不要剩菜，浪費。芸芸吃菜要專心。全家渡過了難忘的一天。

（阿民受到朋友的慫恿，賭錢賺錢最快，一行人來到郊區的一處民宅，民宅內有許多人，正賭著二十一點、牌九，阿民想賺錢，把手上帶著的五萬元開始下在牌桌上，真是好運來都擋不住，這一晚贏了二十萬。差不多了，不玩了，帶他來的酒肉朋友叫他繼續玩，阿民覺得見好就收，下次再來玩，賭場主人使個眼色給阿民的朋友示意，好走，阿民，下次再來玩。大伙又去喝酒唱 KTV，狂歡到深夜三點才回家）。

（早上阿莉送完孩子上學後，回家，阿民拿出二十萬元給阿莉）

　　阿莉來，給妳！怎麼一次有這麼多錢？店裡生意不錯，妳留著就對了。

（吃完早餐後，阿民就先去美髮店，阿莉拿著這筆錢存入了郵局，殊不知這筆錢是賭博贏來的錢。到了晚上當阿莉與三個孩子吃著晚餐，阿民正在賭錢，正所謂十賭九輸，阿民在今晚本來贏了一百多萬就要走人，朋友不讓他走，就這樣一直玩到隔日清晨五點，這時候的阿民輸了五百多萬元，賭場要他簽下本票，旁邊被一群黑衣人圍住，就這樣賭博輸了五百多萬……。

阿民在開車回家的路上，把車停在路邊，拿起放在車內的高粱酒喝了起來，一個人心灰意冷，左搖右晃的走在荒涼空無一人的路上，怨嘆為何會輸錢，殊不知在身後一輛急

駛過來的酒駕者，從後面追撞阿民，把阿民撞飛出了二十多公尺，倒臥血中，聽到一聲巨響的附近住家起來查看，趕快報警，肇事者逃走了。

警方通知家屬來到醫院，看著一具冰冷遺體，阿莉抱頭痛哭，在旁的阿美夫婦、郝哥、里長，都在一旁安慰）

（面對突如其來的債務……美髮店收了。房子被拍賣，美髮店也沒有了，警察抓到了酒駕肇事者，贏了官司，但是阿莉拿不到應有的金錢賠償。

　　阿美夫婦、里長、郝哥伸出了援手，為阿莉租屋在里長辦公室旁，以方便照料這一家人，阿莉哭著雙眼，抱著阿美）

　　謝謝你們，在我人生最困苦的時候，幫了我……。

（阿莉安頓好了一家人，郝哥要她回來上班，時間彈性以

方便照顧孩子為主，並承諾我們都是妳的家人，我們都會幫妳的，這時的阿莉已哭腫了雙眼，不知該如何說話了）

（阿莉除了在自助餐上班，還在路口斑馬線上賣玉蘭花，時常向巷子內的咖啡店借廁所，因而認識了店主林保羅，保羅聽過里長訴說不幸的阿莉故事。在這一天下午，保羅請店長請在門外賣玉蘭花的阿莉來店裡）

　　保羅老闆您找我？請坐（並示意店員送一杯冰咖啡過來）。阿莉，妳每天下午在馬路上日曬雨淋的賣玉蘭花，很辛苦。謝謝老闆關心，我不辛苦，為了孩子，這不算什麼。我有一個想法，我請妳來咖啡店上班，時間彈性，在店裡可以賣玉蘭花，玉蘭花放在櫃台收銀處賣，收入算妳的我不要抽成，妳來店裡當服務生，我付妳薪水。可是我沒有當過服務生，不知道怎麼做。很簡單，我會交待店長教妳。老闆你給我工作，又讓我在這賣玉蘭花，公司又不

抽成，老闆人真好（喝了咖啡，兩人一見如故聊了起來）。

　　阿莉妳們以前的美髮店做過愛心義剪老人活動對吧，對的，以前我的父親曾受過妳們的關懷，那時我人在美國求學，獨留父親一人獨居，父親生病，我從美國回台，才發現父親的月曆上，每月的一天寫有「小范美髮店愛心義剪」並註明有一對善良有愛心的夫妻⋯⋯我父親是屏東人，算起來我們都是老同鄉；回台北後，我就開了這家保羅咖啡店。這樣好了，要不要妳八月八號開始就來店裡上班？非常感謝保羅老闆幫忙，幫助我（阿莉淚如雨下，不能自已，再一次遇到貴人幫助，阿莉早上在自助餐工作，下午在咖啡店工作）。

（阿莉第一天上班還發生點錯客人咖啡，藍山咖啡點成曼特寧咖啡，到現在已熟悉店裡的運作，晚上阿莉還會在家製作黑糖糕。有一天在咖啡店時，告訴保羅有一個想法，

店裡要不要嘗試下午茶活動，黑糖糕加咖啡組合，保羅吃了黑糖糕，真是太好吃，與其他的糕不同，這個下午茶應該不錯。那黑糖糕阿莉可以做嗎？可以的，那店裡就從今天開始做，每天限量一百份沒想到到了推出的這一天，下午不到四點半就賣完了，許多上班族來店裡訂外送，許多客人上傳 FB、IG，造成迴響。

阿莉幫助了咖啡店整體業績增長了三倍，許多的客人都只想要吃黑糖糕才來店裡，保羅決定升阿莉為咖啡店店長，從下個月開始，阿莉工作漸漸穩定，孩子也長大了，阿美也生了一男孩當了媽媽，郝哥持續在做愛心便當關懷老人……）。

（這一年，薇薇大學畢業了，進入行銷公司上班。芸芸三天二頭換工作，男友不斷，物質勝於一切，覺得有錢最好，

最讓阿莉操心，時而還會頂撞母親。

珍珍高中生，鋼琴社社長，白天上學，晚上 PUB 駐唱，半工半讀完成學業。

阿莉當了咖啡店店長，開始推出晚上特餐，在一次的員工餐，阿莉做了拿手的乾拌麵，卻被來店裡喝咖啡的美食家品嚐到，上傳社群，美食家的一句話影響了許多人，「我所吃過最好吃的幸福好味道乾拌麵，在保羅咖啡」，再次讓咖啡店生意爆紅，推出晚上幸福家庭特餐，許多的家庭晚餐就在店裡吃飯，「范媽媽乾拌麵」開始在咖啡店走紅，吸引了媒體報導，也吸引了房地產老闆錢董前來洽談合作，電商也主動來咖啡店尋求合作……。

薇薇交男友了，男友明漢是淨水器業務員，是薇薇之前的同事，因為發生了辦公室戀情，薇薇主動離職，來到現在

的行銷公司上班，薇薇也帶明漢來給母親看，現在咖啡店、自助餐店都裝了明漢公司的淨水器，水比以前好喝多了。

而芸芸的男友安雄則是在夜店認識的，他們家族是開熱炒一百元的，與芸芸年紀相近，都愛玩重物質，最讓阿莉頭疼擔心，在一次的頂撞阿莉，阿莉打了芸芸一耳光，芸芸離家三天，氣得母親阿莉生病住院。

三妹珍珍畢業後，在做婚禮歌手，也常來咖啡店幫忙。

芸芸三番二次的頂撞母親，在外面結交酒肉朋友，奇裝異服，手臂上還刺青，就像個不良少女般，與大姐薇薇、三妹珍珍，個性上差異很大。

這一天，晚上芸芸醉酒回家，發酒瘋弄壞推倒了家裡的電視機，吐得滿地都是，阿莉蹲在地上拿著抹布清理吐物，並叫薇薇與珍珍扶芸芸回房休息。

這些日子的日夜操勞，再加上前幾天的一次淋雨，隔天一早，阿莉病倒了。一早薇薇做了早餐，去母親房間，卻叫不醒阿莉，趕快去找阿美阿姨來家裡，發現不對勁，全身發燙，不醒人事，趕快撥打電話叫了救護車，緊急送去醫院急救……酒醉的芸芸還在家中睡著。著急的薇薇詢問著醫生）醫生我的母親什麼病？這位女士身體虛弱，發高燒，有肺炎情況，需住院治療。請家屬辦住院手續。

（薇薇著急的哭了，阿美在一旁安慰）放心，媽媽沒事的……。薇薇妳先回去準備母親住院所需衣物（這時郝哥也來到了現場），沒事吧！醫生說阿莉需住院治療，現在正在休息中……。

（薇薇回家整理衣物，在衣櫃拿衣服時，從衣服口袋裡掉出一本筆記本，寫著《假如我是一個月亮》，正好翻到這

一頁:「你離開的第一百天」，這是母親的日記本，這一頁紀錄著母親在父親死後的一百天所寫的心情日記）

當你走後，我試著努力振作，為了養大三個幼女；薇薇、芸芸、珍珍，我做了很多的工作，薇薇懂事會照顧妹妹，芸芸調皮好動最讓我擔心，珍珍乖巧懂事，常來廚房幫媽媽洗碗，最難忘的全家旅遊就是一起去動物園玩的那一天，多麼希望人生再來一次。現在阿美好姊妹一直在幫助我，還好有這些好人、貴人幫助渡過難關，你放心，我會把我們的孩子養大的……。

「假如我是一個月亮」：照亮我的孩子，不管以後長大成人出社會成功或失敗，記得回家的路，媽媽在家裡等妳。

「假如我是一個月亮」：媽媽當妳們的避風港，妳們三個姊妹，以後長大會各有自己的家庭，嫁人生子，不管

未來受到夫家任何委屈，記得有娘家為妳排憂解難，媽媽
當妳們最大的靠山。

（這時的薇薇已眼淚淚水滴在母親的日記本上，哭紅了雙
眼）

（酒醉清醒起床的芸芸，大叫著），媽！我要吃早餐，早
餐煮好了沒（大喊大叫著，像個主人叫喊著佣人般的言
語？氣不過的大姊薇薇過來就是一巴掌打向芸芸），母親
為了妳氣到住院了，現在在醫院。每天喝酒，男友一個換
一個，又不工作。

（身為大姊的薇薇教訓起芸芸）我現在去醫院照顧媽媽，
妳把媽媽的日記本看完，看看到底媽媽是怎麼辛苦把我們
養大成人的……。

（芸芸拿起日記本，坐在客廳沙發上，一字一句仔細地看

媽媽的一字一句，眼淚不聽使喚的流下眼淚，芸芸瞬間長大了，原來在小時候我們三姊妹是在這樣的環境中成長的。看完後，芸芸也來到了醫院。珍珍也在婚禮現場唱完歌，趕快來醫院看媽媽……)

（來到醫院的薇薇，把衣物整理好，坐在床前等媽媽清醒。芸芸、珍珍陸續到床前，阿美一旁告訴三姊妹）妳們已經長大了，母親是會越來越老的，希望妳們以後要好好孝順母親……。

（芸芸走到床前跪在地上握住母親的手）媽媽，妳趕快好起來，我會當一個乖孩子，不再讓妳擔心害怕了（薇薇與珍珍也跪在地上握住母親的手）媽媽，我們三姊妹從今開始會聽話，會當個乖孩子。我們姊妹之間也會和好，互相扶持（這時的阿美，淚流滿面的走出病房）。

（三姊妹的眼淚滴在媽媽臉龐）媽媽醒了！（阿美衝進病房），阿莉醒了，快去叫醫生……。

　　孩子們，妳們怎麼哭成這樣，媽媽沒事的，媽媽的身體像水牛一樣，很強壯的，別擔心，休息幾天就好了。

（護理師進來病房，打了針，醫生檢查了病情現狀）病人需要多休息，住院休息觀察幾天就可以出院……。

（住院期間，薇薇、芸芸、珍珍輪流照顧媽媽。保羅、郝哥、里長、陸續來病房探視，阿莉交待阿美及大姊薇薇，不可以告訴屏東父母，怕老人家擔心。三天後，阿莉出院了）

（出院後的第四天，這一天下午，阿莉告訴三個孩子，我來教妳們黑糖糕的做法，三姊妹勤做筆記，阿莉開始告訴大家如何製作）。

首先準備材料：

水　二八〇克

黑糖　二五〇克

葡萄乾　五〇克

龍眼乾　五〇克

椰子油　一五〇克

高筋麵粉　三五〇克

泡打粉　六克

小蘇打粉　一〇克

作法：

一、水加椰子油加果乾要煮熟，沖入黑糖拌炒至黑糖

　　平均。

二、再來放入麵粉、泡打粉、蘇打粉攪拌成麵糊。

三、將麵糊倒入烤盤中，放入烤箱上火一八〇度、下

火一三〇度之間，烤二十分鐘左右，就完成了黑糖糕。

來，妳們開始做黑糖糕，我看誰做的最好。

薇薇妳忘記放葡萄乾了，芸芸，椰子油太少了，珍珍，龍眼乾放太多了，會不符合成本，外觀要弄平均，妳們好了嗎？好了，放進烤箱烤二十分鐘（計時器滴答滴答，一分一秒過去，鈴鈴鈴……開烤箱……）

1、2、3號……阿莉開始試吃……2號最好吃，芸芸的。

芸芸對甜品製作有沒有興趣，媽，我非常有興趣，好。

妳們再製作一次，這次我們做完成後，在蛋糕表面塗上蜂蜜看效果如何？三人再重新製作一遍，母親在一旁觀察，誰最用心，做最好……。

（三十分鐘後，成品出來了，珍珍把冰箱蜂蜜拿來，芸芸塗上在剛出爐熱熱的蛋糕上面，香味四溢）好香，來，每

人一片，大家吃了起來，是不是比剛才的又香又好吃？是的，我來說我的想法，我們來弄黑糖糕來賣，可在咖啡店賣及網路上網購，由大姊負責行銷，二妹、三妹負責製作，這個品牌我們就叫做「三姊妹黑糖糕」好了！

從下個月一號開始推向市場，我明天上班先向咖啡店老闆說這件事，如果可行，可先在咖啡店先試賣。媽媽真是行銷高手，妳們三姊妹加油！這是妳們的品牌，薇薇妳是大姊，妳要來執行這個項目，好的。

三姊妹齊心團結做好一件事，媽媽就很開心了。

（阿莉身體康復，回到咖啡店上班，一進店裡，全體員工及客人獻花鼓掌，老闆保羅包了個紅包祝福阿莉身體康復）謝謝老闆，謝謝同事及客人的關心，我身體好了，有現場客人說，已經好幾天沒有吃到妳親手做的乾拌麵，很多吃

貨來店裡都撲空……，回來後，店裡要加大力度宣傳，麻辣乾拌麵加冰咖啡的組合特餐，我馬上下廚煮給大家吃，保羅老闆說吃完後再上班，因為又香又辣真是好吃（現場歡聲雷動，好吧！）。

（大家一邊吃一邊打卡上傳，許多人看到消息，正前往咖啡店路上）

老闆，我有一些想法想聊聊，我們進辦公室，怎麼了？阿莉。

沒有外人，是不是家裡需要用錢，多少我給妳，謝謝保羅一直幫助我，不是的，我對店裡有一些行銷想法，妳說阿莉。

我們可以從明天開始主推下午茶，一點三十分到五點黑糖糕加冰咖啡，晚上六點三十到八點三十推出麻辣乾拌

麵加冰咖啡，每天限量一百份。店裡的客人大部份都是年紀比較大一點的，現場黑糖糕很受年輕人歡迎，黑糖糕的提供會由我家二女兒芸芸製作，並與店裡合作，我家大女兒薇薇會負責行銷，吸引更多年輕人來店裡消費，再邀請媒體來報導。

這個點子不錯，阿莉很可行，咖啡店需要改變，就由妳這個店長來執行吧，我支持。謝謝保羅，這些年來對我的幫助，你真是我的貴人，我們是同鄉離鄉背井來台北打拚不容易，阿莉放手去做，我支持妳。

（阿莉去電薇薇，明天開始製作一百份黑糖糕，提供咖啡店，每天中午一點前必須到達咖啡店，這是妳們三姊妹的第一筆訂單，薇薇告知芸芸，開心大叫了起來，三姊妹黑糖糕要正式開張了）

（阿莉抽空去看了社區一位獨居老人金阿姨，送了紅包一千元，也帶來了素食乾伴麵，阿莉看著角落有一台裁縫機，問了老人，這台是誰的？）是我的，以前老伴還活著的時候，就是做衣服的，每天縫衣服、補衣服……阿姨現在還會嗎？當然，已做了一輩子了，好，我咖啡店以後員工的衣服就發包給阿姨做，您也可以有一份收入。阿莉，真是好人，對老人真好，現在的年輕人誰還會理老人。吃麵，阿姨，改天我再來看您。

（阿莉回到店裡，準備製作一百份麻辣乾拌麵，下午五點三十分已經有人開始排隊要外帶。六點三十分一到，店內開始開賣，套餐一組一組的打包出去，櫃台是一直在收錢，門外大排長龍，吸引了電視台來報導，採訪阿莉，並造成堵車）

（房地產老闆錢董事長剛好也看見這則新聞報導）這位不

就是上次撿到我錢包，薇薇的母親，范媽媽，這家咖啡店

這麼有名喔！

（錢董交待秘書，去找這家店在什麼地方，改天要去嚐看

看）

（「三姊妹黑糖糕」銷售越來越好，薇薇放在網路上銷售，

用電商模式接訂單，珍珍也專心與芸芸一同做甜品。

保羅老闆太高興了，只賣了三天，就創造了六十萬的收入，

以前咖啡店收入一天有一萬元就要放鞭炮了，現在才第三

天而已……保羅心中突然有一些想法……）。

（晚上阿莉告訴三個女兒，黑糖糕只推出三天，咖啡店生

意非常好）

　　薇薇行銷做得不錯，芸芸、珍珍產品做得完美好吃有

品質，才會受到消費者歡迎，明天晚上九點，妳把妳們的

男朋友找來。媽，妳這時候說要看男朋友，我只剩一天時間，我去那裡找男朋友給妳看，不然我去租一個好了。珍珍沒有，不用帶來，妳們兩個明天帶過來。

遵命，母親大人（薇薇、芸芸進房後，開始打 LINE 電召男友，只留下母親與珍珍吃著黑糖糕，喝著香醇冰咖啡閒聊著）。

（早上已有客人來店裡點黑糖糕，但是一點三十分才開始供應套餐，阿莉親切的招呼這位客人，客人說我要訂購一千份黑糖糕，說完並付了五萬元訂金，填好了送貨單，希望明日早上十點鐘送達指定地點，阿莉收下錢，趕快通知薇薇）

今天晚上要在家，全體加班，製作一千份黑糖糕……人手夠不夠？今天晚上還會有妳們的男朋友會來家裡，就

留下來一起幫忙。

（阿莉告訴保羅明天早上十點會出單一千份黑糖糕與冰咖啡，全員員工已叫貨咖啡豆，今天要煮出一千杯冰咖啡。阿莉交待員工一千杯今天一定要製作出來並冷藏，一千份黑糖糕「三姊妹甜品店」也一直在趕工）明天早上統一早上九點從公司出發，三位男員工與我一起去送貨，我約莫今晚八點就先回去家裡準備黑糖糕……。

（一進屋，三姊妹已製作完五百多個黑糖糕了）

　　加油，再加把勁（到了九點鐘，薇薇、芸芸男友陸續來到家裡），伯母好，你們二位先去洗手，用洗手液洗乾淨。

　　洗好了就過來，你們把這些黑糖糕放在包裝盒內，一塊一個包裝盒，一共有一千盒。這是你們今天的任務，來！手套給你。

明漢，有！伯母。不要光舉手有，有要動，要對薇薇好一點，別欺侮她，通常都是我被她欺侮的（薇薇一臉笑著）。

安雄！伯母，你覺得芸芸怎麼樣？很好，伯母，好，就要好好的珍惜照顧，只要我女兒好，當媽的就好。包裝好的放進箱子裡，幾點了，十點半了，還有多少量，還缺大約三百個，大家加油。

薇薇，明天一早十點需送達客戶地方，妳明天與我一起去，還有店裡的三位員工一起搬，人手夠嗎？伯母，我可以（明漢自告奮勇要去幫忙，芸芸看了一眼安雄）伯母，明天我也要去。不錯，女兒們教得好，加油！（就這樣大家忙到了凌晨一點鐘）

（一大早九點咖啡店出車到三姊妹甜品拿一千份黑糖糕，

　　　　　　　　　　　　　假如‧我是一個月亮

一行人前往客戶送達地點。是一處房地產大樓，阿莉去電客戶，客戶交待直接送到十八樓，在地下室停好車。一行人送到十八樓，門一開訂貨的人引導至大會議室，放在桌上一千份。錢董事長入內，薇薇很意外又驚喜看見了錢董事長）

錢伯伯您好！薇薇小姐，好久不見了，伯伯怎麼在這裡（在旁的秘書說著，這一整棟樓都是錢董事長的）。

范母教得好，多年前薇薇撿到我的錢包，當時我致贈紅包還被您拒收，哦！我都忘了錢董。妳現在在做這個黑糖糕？是的董事長（董事長請大家坐下來聊聊，阿莉示意公司員工及明漢、安雄先行離去。阿莉訴說著丈夫意外去世，這些年帶孩子的辛酸過往，錢董事長深受感動，並叫來秘書，交待從今天開始，集團內各部門下午茶一律叫范女士的黑糖糕及冰咖啡特餐）

（薇薇問了一下，那每一天大約需要多少份？秘書回答，公司全體員工一千人，需要一千份，從明天開始，錢董交待先簽二年合約，約滿後再續約，阿莉高興得站了起來），感謝錢董事長支持，這個訂單對我太重要了。這是妳孩子教得好，當初的拾金不昧，我們結緣相識，錢伯伯，黑糖蛋糕是媽媽教我做的，媽媽還很會做麻辣乾拌麵，也是店裡的招牌，有時間伯伯一定要來店裡吃看看，好的，薇薇，伯伯找時間過去（錢董交待秘書安排司機送二位回店裡）。

　　錢伯伯謝謝！再見……。

（坐在賓利車內的阿莉心中想著，錢董真是一位好人。一天一千份的下午茶，公司要開始徵人，人手不夠了）。

（回到店裡，薇薇坐著喝著冰咖啡，阿莉準備著乾拌麵，現在生意好到全天供應，客人陸續進來，薇薇也主動站起

來，幫忙招呼客人點餐，保羅都看在眼裡）老闆，從今天開始，每天一千份黑糖糕特餐供應房地產集團下午茶，為期二年（保羅手指算一算，開心得跳了起來，可以再開一家分店了），這都歸功於阿莉，不，這都起因於多年前薇薇的拾金不昧。（阿莉對保羅說起這段故事牽起來的緣分，真是好心有好報，多年後房地產老闆來報恩，這件事後來在客人之間一傳十十傳百，透過 FB 大量轉發，吸引了電視台新聞報導，也曝光了這一位懂感恩的房產老董。經過新聞一曝光，旗下本來已賣不動的建案，竟然起死回生，公司大量接到電話，售屋處越來越多人來看房子，記者訪問了現場一位民眾，為什麼會想來看房子）我們都是看了新聞來看房的，一位懂得感恩的大老闆所蓋出來的房子，一定是有品質的，由此可見，一個人的行為會改變一群人的行為。

（錢董事長心中也感謝范女士所帶來的這一連串驚喜，不到一個月，集團內房屋全數售畢，只留下一戶廣告戶，六十坪五房，錢董交待秘書，這一戶房屋留下來不出售）。

保羅，我先下班了！等一下阿莉，先坐下，我們聊一些事情。

首先感謝阿莉，自從妳來公司上班，公司生意越來越好，推出了黑糖糕、乾拌麵特餐，天天店裡一位難求，尤其是天天一千份特餐，合約二年，這筆訂單公司大賺錢，這都是妳的功勞。不，是大家一起做的。

我有一些想法，我想把保羅咖啡店收掉，啊！你不做了，不是大賺錢嗎？我的想法是把保羅咖啡店改名為「三姊妹咖啡店」，妳覺得怎麼樣。由妳及三個女兒共同經營，店內再增設一個黑糖糕製作部，這個店的房產是我爸留下

來給我的，也就是當初接受妳愛心剪髮的老人，這一切都是老天爺安排的（阿莉感動得說不出話來）。

　　保羅，要不是你，我也不會走到今天。阿莉，我才要感謝妳的幫助，這是兩份公司股權書，妳看一下，這裡的股數甲方五一％，乙方四九％，由我甲方負責全部資金投入，妳看一下，後天我會請律師公證（保羅站起來，伸出了手，等著阿莉……），好，保羅，我們一起努力把「三姊妹咖啡店」做大，做成連鎖品牌。

　　（一天下午，門口來了一台勞斯萊斯車停在店門口，所有員工、客人都往外看。錢董進門，來找阿莉）。

　　錢董事長怎麼有空來？上次聽薇薇說，妳做的麻辣乾拌麵非常好吃，我今天特別來品嚐品嚐，好，等我十五分鐘，先喝杯冰咖啡……上菜，請品嚐我做的「麻辣乾拌麵」

（錢董拿起了筷子開始品嚐，真是好吃，又麻又辣又香，與一般麵店賣的不一樣，上面又放著三隻大蝦，一口接一口，再來一碗。具有商業頭腦的錢董，吃著吃出商機，這個可行，這個乾拌麵可以做）阿莉，這幾天我想一下，到時候我通知秘書安排妳來公司與我碰面，我們當面聊，好的！錢董，慢走。

（阿莉簽好了「三姊妹股權書」在律師事務所與保羅開會，雙方權利義務條款逐一檢視無誤後，雙方正式簽約，並開始進行店裡重新裝潢事宜，公司裝潢一個月，咖啡店門口張貼了公告。晚上在家裡，阿莉開了家庭會議，宣佈即將與保羅合作開一間新咖啡店，就叫「三姊妹」）

　　這間店「三姊妹咖啡店」就是以妳們命名的，明天開始裝潢，一個月後重新開幕，媽媽的股份與妳們一起分

享，我們家一條心，把咖啡店做大，做成連鎖品牌……。

（在裝潢期間，一千份的下午茶還是要正常出貨，不能擔誤。一天早上，阿莉接到秘書電話，下午二點到房地產總部十八樓與錢董碰面）。

（阿莉一人依約定二點來到十八樓，電梯一開，秘書已在門口等待）請進范女士，（秘書敲了董事長門，安排阿莉入內，便在門外守候）。

阿莉，錢董好，上次去店裡吃了乾拌麵後，我有一些商業上的想法，我提出我的想法，我們可以來合作成立乾拌麵品牌，線上用電商方式銷售，線下可售至各超市通路，並先開一家實體麵店「范媽媽乾拌麵店」，我的員工食堂及超市都會有乾拌麵。

所有資金投入由我負責，妳負責製作研發，其他我負

責。我們雙方合作，甲方七十％，乙方三十％，乙方是妳的股份，目標實體店會開連鎖店，會設工廠大量生產，專業化管理，嚴控品質把關，第一階段會先從電商開始銷售……（錢董接了電話鈕，叫了律師進來），這是兩份合約，妳看一下……。

（阿莉一條一條仔細看著）好，一切聽錢董安排。如果確定了，明天我將開記者會。阿莉，妳們一家四口現在住的房子是買的還是租的？是租的。

（董事長示意秘書，秘書送來房產證明交給錢董事長）我代表公司送妳一棟六十坪的房子，感謝上次新聞的報導，要不是妳，我的房屋新建案到今天應該還賣不完，董事長這個禮物太貴重了，我不敢收，請收下。阿莉，這是我公司的感謝禮（錢董交待秘書安排范女士辦過戶手續），一切需要支付的所有費用由公司負責，房子是廣告戶，全新

的裝潢，傢俱什麼家電都有，隨時可以搬進去（阿莉雙手握住錢董的手，流著淚一直點頭致意），謝謝董事長，謝謝董事長……。

（晚上全家人都在家）阿莉抱著三位女兒哭泣。媽媽怎麼了，今天錢董事長找我要合開公司做乾拌麵品牌，女兒們，我們苦盡甘來了，明天舉行簽約記者會……，女兒們，另外，錢董事長送我們家一棟六十坪新房子，有五個房間，過幾天我們就會搬家，我也要把阿公阿媽接來台北一起住，明天我們一起去記者會現場。

（記者會這一天，來了十多家媒體報導，萬大房屋進軍食品業，攜手范張莉莉女士成立「范媽媽乾拌麵」，品牌正式進軍電商市場及超市市場，媒體大肆報導，廠房也開始

準備生產設備，按照既有的進度進行著）。

（阿莉在咖啡店監工，大約三天後就要完工）保羅，我們開幕訂在那一天？

就選在妳多年前、第一天來咖啡店上班的八月八號開幕好了。

（兩人看著彼此，笑著……。）

接下來，就看我們的了！「三姊妹咖啡店」正式開幕……。

大好文化

大好文學 3

假如，我是一個月亮

作　　　者｜高小敏
出　　　版｜大好文化企業社
榮譽發行人｜胡邦崐
發行人暨總編輯｜胡芳芳
總 經 理｜張榮偉
主　　　編｜古立綺
編　　　輯｜方雪雯
封面設計｜陳文德
封面插畫｜Bai Lee
行銷統籌｜胡曉春
客戶服務｜張凱特、張小葵
通訊地址｜11157臺北市士林區礦溪街88巷5號二樓
讀者服務信箱｜fonda168@gmail.com
讀者服務電話｜02-28380220、0922309149
讀者訂購傳真｜02-28380220
郵政劃撥｜帳號：50371148　戶名：大好文化企業社
版面編排｜唯翔工作室 (02)2312-2451
法律顧問｜芃福法律事務所　魯惠良律師
印　　　刷｜鴻霖印刷傳媒股份有限公司　0800-521-885
總 經 銷｜大和書報圖書股份有限公司 (02)8990-2588

ISBN　　978-986-97257-1-2（平裝）
出版日期｜2018年12月28日初版
定　　　價｜新台幣250元
All rights reserved.
Printed in Taiwan

國家圖書館出版品預行編目資料

假如‧我是一個月亮 / 高小敏著. -- 初版. -- 臺北
市：大好文化企業, 2018.12

224面；15×21公分. --（大好文學；3）

ISBN　978-986-97257-1-2(平裝)

857.7　　　　　　　　　　　　　107021104